守 མཐའ་སྲུང་། 边

杜文娟

著

陕西新华出版传媒集团　陕西人民出版社

图书在版编目（CIP）数据

守边 / 杜文娟著 . -- 西安：陕西人民出版社，2022.12

ISBN 978-7-224-14764-3

Ⅰ . ①守… Ⅱ . ①杜… Ⅲ . ①报告文学－中国－当代 Ⅳ . ① I25

中国版本图书馆 CIP 数据核字 (2022) 第 242428 号

出品人　赵小峰
总策划　王长海
出版统筹　李晓锋
策划编辑　朱小平　王金林　许晓光
责任编辑　王金林　许晓光　白艳妮　曾　苗　郑　洋
整体设计　杨亚强　翟　竞

守边
SHOUBIAN

作　　者　杜文娟
出版发行　陕西新华出版传媒集团　陕西人民出版社
（西安市北大街 147 号　邮编：710003）
印　　刷　陕西龙山海天艺术印务有限公司
开　　本　787 毫米 ×1092 毫米　1/16
印　　张　18
插　　页　2
字　　数　226 千字
版　　次　2022 年 12 月第 1 版
印　　次　2022 年 12 月第 1 次印刷
书　　号　ISBN 978-7-224-14764-3
定　　价　68.00 元

前言

习近平总书记指出：治国必治边，治边先稳藏。西藏是祖国领土神圣不可侵犯的一部分，地处西亚和南亚之间，位置十分重要。边疆在书本中是名词，在辽阔的边防线上，则是动词。西藏作为祖国的西南边疆，抵御着外部势力对祖国领土的觊觎。

本书从不同视角，讲述了在雪域高原那片苍鹰翱翔、高寒缺氧、挑战生命极限的疆域中，众多保家卫国普通人物的英雄事迹。有“家是玉麦，国是中国，祖国的土地一寸也不能少”的时代楷模、习近平总书记回信的“守边最美格桑花”卓嘎央宗姐妹；有将女儿遗体埋葬在雪莲花盛开山头的老兵；有两年没有见过树木的哨所军人；有在昆仑达坂养护生命线的战士；有为了挽救村民生命，被雅鲁藏布江急流冲走的村党支部副书记仁增；有阿里地区第一位男性妇产科医生罗蒙；有为羌塘百姓吃上干净饮用水的援助者和各界公益人士；有把毕生精力乃至生命奉献给边疆的孔繁森式的援藏干部；等等。这些当代英雄，为了国家，舍小家为大家，绿色长城般守护在祖国的边防线上，换来了内地的繁荣安宁、更多的人安居乐业。

近20年来，作者先后多次进藏采访，被大量普普通通边疆儿女的事迹所感动。《守边》就是献给众多普普通通守边者的嘹亮赞歌。

目录

CONTENTS

1

反蚕食前沿重地

阿里是祖国最高寒的高原，是喜马拉雅山脉、冈底斯山脉、喀喇昆仑山脉、昆仑山脉汇聚的地方。四座著名山脉，把这片古老的雪地高原高高托起，直达蓝天上的苍穹，成为世界上海拔最高的地区。如果将青藏高原喻为世界屋脊的话，阿里就是高原的高原、屋脊的屋脊。作为地球的第三极，藏族人习惯上称阿里为堆阿里。堆，在藏语中是高的意思。非阿里本地人，喜欢把阿里称为阿里山。学术界，则称它为阿里高原。

阿里地处西藏自治区西部，与印度、尼泊尔等国家和克什米尔地区接壤，战略位置十分重要，是对外反蚕食、对内反分裂的前沿阵地，是祖国领土神圣不可侵犯的一部分。阿里地区的面积达 34.5 万平方公里，地域辽阔、人烟稀少，是世界上人口密度最小的地区之一。其平均海拔约 4500 米，年平均气温 0℃，最低气温 -40℃，年平均降水量 50—200 毫米，属于高原季风气候。它的生态环境十分脆弱，空气稀薄，含氧量不到平原地区的一半。

这里是普通人需要仰望和叩拜的地方。只有身临其境，将身体和心

灵同时融入正午的骄阳、午夜的寒光、七月的飞雪、荒漠的辽远、死亡的威胁，才能真正理解什么叫世界屋脊，什么叫生命禁区。

发源于冈底斯山脉和喜马拉雅山脉的狮泉河、象泉河、马泉河、孔雀河，分别向西北、西南和东南方向流入印度、尼泊尔，成为印度河、萨特累季河、布拉马普特拉河、恒河支流哥格拉河的上游，并最终汇入印度洋和阿拉伯海。千百年来，这四条河流在阿里境内哺育了阿里先民，见证了古象雄文明和古格王国的兴衰。雅鲁藏布江作为西藏人民的母亲河，不但流淌着动人的故事、神奇的传说，还孕育了藏南雅砻文化，成为藏民族的摇篮和藏文化的发祥地。

阿里高原，是青藏高原的一部分。青藏高原在远古时期曾经是一片汪洋大海，叫古特提斯海。由于印度次大陆从赤道以南的非洲板块裂解出来，向北漂移，跟欧亚大陆碰撞，逐渐把这一地区的地壳挤压抬升，从而形成了世界上海拔最高、最年轻的高原。穿行在荒无人烟、寸草不生的札达土林，那些形似碉堡、兵士、山门，鬼魅奇幻的土质山林，无须解构，就能让人分辨出湖盆的遗迹，感受到古海水的威力。

阿里，不是所有的地方都不适合生存。雪山是牦牛的乐园，草原是

骏马的天堂。

在这片千山之祖、万水之源、孕育发源了四条大河文明的土地上，人们在此繁衍生息、世代相依，利用独特的自然资源，适应独特的自然环境，用高原民族极强的毅力、智慧和双手，创造和延续了阿里的历史和文明。

阿里高原的先民崇尚万物有灵，推崇自然崇拜、神灵崇拜、生灵崇拜、祖先崇拜、图腾崇拜、图符崇拜，由此逐渐形成了具有区域特征的本土宗教，即苯教。冈底斯山脉的主峰冈仁波齐，被公认为神山，同时被印度教、藏传佛教、苯教、古耆那教，认定为世界的中心。

冈仁波齐，在藏语中是雪山之宝、雪圣的意思。玛旁雍错，藏语意为永恒不败的碧玉湖。冈仁波齐和玛旁雍错，并称为神山圣湖。神山像一位伟岸骁勇的男子，屹立在万山之上；圣湖如一位娇媚百态的女子，静处一方。神山圣湖被近在咫尺和万里之外的人所敬仰、所崇拜。人们心怀感激、口诵真言、手转经轮、匍匐大地、磕着长头，千里迢迢来此朝圣，赋予了神山圣湖神秘浓郁的宗教色彩。难怪玄奘在《大唐西域记》中，把玛旁雍错描绘为西天瑶池。

每次前往阿里，从沙子达坂远眺狮泉河镇的时候，总有一种恍若隔世、如梦似幻的感觉。茫茫雪山环绕着一方戈壁，风沙轻拂，尘烟袅袅。戈壁之中，海市蜃楼般，竟然有一座小城。这种感觉，恰似大海与玫瑰、太空与地衣，毫不搭界，却震撼而又新奇。如同漫漫长夜后见到的第一缕阳光、生命垂危中喜遇转机、盔甲长矛的侠士闯进了轻歌曼妙的温柔乡。

七月的正午，烈日似火，翻过沙子达坂，偶尔会看见整个狮泉河镇被一层烟雾笼罩。一层，仅仅只一层，薄薄的、淡淡的、朦胧的、飘逸的，烟雾之上，晴空万里。就这样走进去，悠悠闲闲、毫无防备地走进去，走进狮泉河的烟雾中，就是另一番景象，雪花飘零，水雾迷蒙。

那烟雾，就是雨雪，狮泉河的雨雪。

戈壁中的小城，以它不可思议的真实存在，连同整个阿里高原上的生灵，生生不息，共同演绎着世间百态、人间冷暖。

置身阿里大地，总有一种虚幻的感觉，分不清哪是现实，哪是梦中曾经出现的画面。青天白日之下，思忖良久，竟然想不起自己身处何方，从哪里来，到哪里去，今夕是何年。

当我爬上日土县高高的山岗，欣赏古阿里人关于牦牛、岩羊、棕熊岩画和图腾的时候，当我气喘吁吁，穿越时空隧道、沐浴着古格故城夕阳的时候，当我在班公湖的碧波中荡漾的时候，一眼望去，斑头雁扇动翅膀的地方，就有邻国军队的哨所。

诧异和震惊，令我常常思考。阿里，究竟有怎样的历史？阿里，正面临着怎样的机遇和挑战？阿里的未来，是否像歌中唱的那样，明天会更好？

人类利益驱动战争，无论任何国家、任何地域、任何时代，皆不可避免。

神圣的阿里高原也不例外。就连阿里这个名字的由来，也与战争有关，有着凄风苦雨、波澜壮阔的过去。

阿里有史可考的初始建置为象雄，汉文史籍称为羊同。公元7世纪中叶，松赞干布统一吐蕃后，将象雄纳入统治之下，成为属地。10世纪初，吐蕃王室后裔吉德尼玛衮来到这块原属象雄十八部的统治区域，并在此扎根，其后裔建立了阿里三围政权。从那时起，这块上部区域，名副其实地臣服于赞普后裔的统辖之内，故此，才有阿里的称谓，直至今日。

阿里，是藏语音译，意为属地、领地、领土之意。由此可以看出，阿里自古以来就是兵家必争之地。

三围政权，也叫三衮占三围。吉德尼玛衮为了避免重蹈祖先之覆辙，在晚年时将领域分成三个势力范围，并让三个儿子各掌其政。长子贝吉衮占据芒域，后来发展成为拉达克王国。次子扎西衮占据布让，后来因为战争，被并入古格。幼子德祖衮占据象雄，即古格王国。这位最年幼的王子，成为古格王国的开国元首。

现在人们通常说的阿里三围，即湖泊环绕的日土、雪山环绕的普兰、岩石环绕的札达，相较于原本意义上的三围地域，小了许多。

古格王国在三围中势力逐渐强大，从10世纪中叶到17世纪初，称雄西藏西部长达700年之久。拉达克人最终闯入了扎布让，这座巍然屹立了几百年的王城，在冷兵器闪烁的锋刃和持续不断的围攻中，成为这里最悲壮的记忆。之后，拉达克统治古格达50年。

1680年，五世达赖喇嘛派堂兄甘丹才旺率领蒙藏联军远征阿里，将拉达克人驱除出境，始建噶尔本政府，并出任第一任噶尔本。噶尔，即军营的意思。阿里历史上有过50多名噶尔本，由西藏噶厦政府派遣。刚开始一次一名俗官，后来一次两名，一僧一俗。首府设在噶大克，即现在的昆沙，是阿里政治、经济、宗教和军事中心。

1841年4月，阿里高原依然白雪皑皑，河流和湖泊还没有完全解冻，森巴人兵分三路，入侵阿里。阿里人民奋起反抗，西藏地方政府和清朝驻藏大臣指挥了这场战争。这场发生在阿里高原的卫国战争，打得极其惨烈，持续一年半之久。

今天的我们，只能从只言片语的记载和口耳相传中，了解那场遥远的战争。

当时，从拉萨到阿里，设有30多个驿站，信使们风餐露宿、马不停蹄，十多天便将信函送达对方。为了支援前线战事，西藏各地百姓捐出家中的牛、马、羊、青稞。一支从事青稞和食盐贸易的藏北商队，路上遇到征粮官，立即把大部分粮食从羊背上卸下来，送给征粮官。山南的农牧民连自家的铁锹、镐头、镰刀等，都送给征集武器的官兵。日喀则的男人，也加入到纺织毡毯的行列，成批的氆氇被送到阿里战区。为了打赢这场战争，有的百姓，让家中已经出家的僧人还俗当兵。这在忌讳杀生的藏民族中，是多么的难能可贵。

由于高寒缺氧、长途跋涉、供给艰难，冻死、饿死、陷进冰河的将士屡见不鲜。许多将士血染战袍，雪埋忠骨。战马和运送物资的牦牛、马匹、驮羊，由于缺氧，口鼻流血、饥寒交迫，纷纷倒毙。

西藏人民抗击森巴人侵略的战争，纵横整个阿里三围，震惊了前藏和后藏，牵动了全西藏人民的心，是西藏近代史上影响最大、具有伟大历史意义的正义之战，给了侵略者沉重打击，稳定了西南边疆，解除了清朝中央政府的西顾之忧。

1962年，阿里地区作为中印边防战争的西部战场，再次上演了一部壮烈的历史活剧。康西瓦烈士陵园、叶城烈士陵园、莎车烈士陵园、疏勒烈士陵园，埋葬着英雄们不朽的躯体。

1950年8月1日，由李狄三率领的中国人民解放军第一野战军骑兵师一团一连，从塔里木盆地的南缘于田县普鲁村出发，翻越喀喇昆仑

山和昆仑山，挺进阿里，正式揭开了解放阿里的序幕。这支队伍，也成为抵达阿里高原的第一批汉族军人。1951 年 8 月 23 日，解放军进驻阿里首府噶大克，完成了解放阿里全境的任务。

李狄三率领的这支队伍，是分别从新疆、青海、西康、云南进军西藏的部队中，最早踏上西藏土地的人民解放军，阿里却是西藏最后一个和平解放的地区。尽管如此，这支由 136 名勇士组成的进藏先遣连，有 63 人长眠在阿里高原，用他们的青春和生命，换来了阿里人民的解放。

1951 年 5 月 23 日，《中央人民政府和西藏地方政府关于和平解放西藏办法的协议》签订，宣告西藏和平解放。1959 年 3 月 28 日，西藏进行民主改革，阿里高原从此进入了崭新的时代。

1952 年 10 月，阿里分工委在昆沙成立。1965 年，西藏自治区成立以后，阿里分工委改为中共阿里地委。阿里地委行署及噶尔县政府，此后从昆沙迁至狮泉河镇，下辖 7 个县，分别是噶尔、普兰、日土、札达、革吉、改则、措勤。仲巴县原来归阿里地区管辖，1963 年划归日喀则地区管理，后来，措勤县从改则县分出，独立设县。阿里地区于 1970 年 1 月 1 日至 1980 年 1 月 1 日，由新疆代管 10 年。同西藏其他地区一样，和平解放 70 年、民主改革 60 年来，阿里地区发生了翻天覆地的变化，创造了一个又一个人间奇迹，谱写了人类社会发展进步的壮丽篇章。

有人说，阿里当代知名度最高的有三个人，军事史上的李狄三、文化领域的毕淑敏、领导干部的楷模孔繁森。其实，在阿里高原的千年文明史中，各类贤哲达人浩若繁星。

昨天，是今天的历史，今天，是明天的历史。许许多多阿里人，像江河一样，生命不息，在广袤高远的阿里山上，经幡一样，五彩斑斓、各姿各雅、生机盎然。

随着对阿里认识的不断加深，我愈加喜欢上了这里的人和事。每一次去阿里，我都有新的发现、新的震撼，更加觉得守边固土的重要和祖国领土的神圣，逐渐理解了偏居西亚与南亚之间的这方荒凉之地，为什么会顽强地生活着十余万民众。这些土生土长的阿里人、边防军人和外来者，是怎样在与恶劣的自然环境的抗争中，在与外来侵扰的抗衡中，在与心灵的孤独和身体的寂寞斗争中，简单而快乐地生活着。

正是因为这些人的守护，才有更多人的平静生活、幸福安康。

然而，历史总会重演，保家卫国的故事并未中断。

加勒万河谷这个位于阿里高原，在喀喇昆仑和冈底斯山区，由新疆和田地区管辖的高原谷地，在 2020 年 3 月以前，名不见经传。从 2020 年 4 月开始，有关外军违反两国协议协定，抵边越线搭建便桥、修建道路，频繁在边境越线争控，试图单方面改变边境管控现状，导致边境局势陡然升温。6 月，外军公然违背与我方达成的共识，悍然越线挑衅。在前出交涉和激烈的斗争中，团长祁发宝身先士卒，身负重伤。营长陈红军、战士陈祥榕突入重围营救，奋力反击，英勇牺牲。战士肖思远，突围后又义无反顾地返回营救战友，战斗至生命的最后一刻。战士王焯冉，在渡河前出支援途中，拼力救助被冲散的战友脱险，自己却被淹没在冰河之中。

这些英雄的边防官兵本着“绝不能把祖国的领土守小了、守丢了”的坚定信念，把青春、鲜血乃至生命留在雪域边疆，铸起了一座座巍峨界碑。

2021 年 2 月，中央军委嘉奖了祁发宝、陈红军、陈祥榕、肖思远、王焯冉五位戍边英雄。从他们的身上，我把目光再次投向遥远的喀喇昆仑大雪山那方熟悉而又陌生的雪域高原。

2

戍边卫士

一、进藏英雄先遣连

近 20 年间我 10 次进藏，其中两次游历羌塘无人区、四次抵达藏西阿里，翻过一座又一座雪山，蹚过一条又一条冰河，多次走进边防战士、武警部队官兵、边疆群众，对雪域边关更加敬畏，对血染的风采有了切肤认知。

已经记不清是 2010 年还是 2011 年了，反正是个夏季，在荒芜如月球一般的戈壁小城狮泉河镇，西藏武警总队阿里消防支队的一位战士深情地对我说，如果不是为了祖国的安宁、边防的稳定，就是地上铺满黄金、顿顿山珍海味，我也不愿意留在这里。西北一望是喀喇昆仑山，南边一看是喜马拉雅山，北边是冈底斯山，成年累月被雪山环抱，感觉那雪线就没有高一点低一点，雄鹰都难飞过去。一年一场风，从春刮到冬。生活固然艰苦，可边防总得有人守，苦总得有人吃。

守卫雪域边疆是一种高度，更是一种境界。边防军人在生命脆弱的苍穹极地，顽强地坚守着边关，把艰苦品出了甘甜，把单调汇成了多彩，甜中有苦，苦中有甜，一人辛苦万家甜。其实呢，比起当年的李狄三前辈们，我们算幸运的。

哦，又是李狄三。在阿里，常被人挂在嘴边的除过孔繁森，就是李狄三。

我是怎样知道李狄三的呢？还得从第一次进入阿里说起。

2009 年 7 月底，我搭乘一辆越野车，从拉萨出发，经南线到阿里。第一天中午到阿里，第二天上午离开。尽管在阿里只待了一天时间，却就此奠定了我与阿里的不解之缘。

到阿里的当天下午，武警交通部队第八支队，后来统一叫武警第二机动总队某支队的同志请我吃饭。席间，一位叫周毅的年轻军官对我说，杜姐，你应该了解一下李狄三。

我问，李狄三是谁？

还没等周毅回答，就被浪涛般的劝酒声淹没。

当时，我对同行的人说，离开阿里之前，必须得去狮泉河烈士陵园，拜谒一下孔繁森。

说这句话的时候，没有想到会有再到阿里的缘分。谁都清楚，阿里不是谁想去就能去的地方，更不是想什么时候去就可以去的地方。

太阳已经照在燕尾山上，红色的光芒沐浴着周身，脸颊依然冻得抽搐。

狮泉河烈士陵园坐落在狮泉河镇靠北的赤红色燕尾山麓，除过黄沙还是黄沙，铺天盖地，无遮无拦。

在孔繁森墓前静默一会儿后，绕到其后。一座古旧、高大的陵墓一下子就牵绊住了我：李狄三烈士之墓。

几个苍劲的大字竖着排列，深深地镌刻在花岗岩墓碑上。

更令我惊诧的是，在李狄三烈士陵墓左右两侧，对称排列着一长溜墓碑，墓碑后面平坦如洗，空空荡荡，没有拱圆形墓冢。也就是说，墓碑后面很可能并无棺材和尸体。每一个墓碑，像模具制出的一样，大小、高矮、弧度、成色，一模一样。最重要的是，墓碑连着墓碑，中间没有空隙，好似排列整齐的多胞胎，因为寒冷，肩并肩、手挽手，相互取暖、互相支撑。又好似弹尽粮绝、临危不惧、相互搀扶、共赴敌人阵营的战士。墓碑上，飘扬着退了颜色的白色哈达。

回到内地、回到正常的生活轨道以后，我常常被那排列整齐的墓碑惊醒。莽莽阿里高原、戈壁中的海市蜃楼狮泉河镇，究竟有多少秘密、多少故事，不为我所知？

很快，我就知道了李狄三的故事。

1950 年 8 月 1 日，为执行毛主席解放西藏、统一祖国的命令，中国人民解放军第一野战军骑兵师一团一连，由汉、蒙古、藏、维吾尔、哈萨克等7个民族136名将士组成进藏先遣连，团保卫股长李狄三任总指挥，曹海林任连长，彭清云任副连长，从新疆于田县普鲁村出发进军阿里。他们跨越冰封雪裹的喀喇昆仑山和昆仑山，踏入千古沉睡的寂寂荒原。

毛主席指示，进军西藏，不吃地方。

他们携带的唯一地图是西北军区司令员彭德怀设法从香港找来的。地图上只有噶大克一个英文名字的小圈，其余部分是大片空白。据说此地图是瑞典探险家斯文·赫定到阿里考察后绘制的。这支队伍在没有详细地图指引、没有向导领路、敌情不明的情况下，跋涉上千公里，历尽千辛万苦，战胜高寒病魔，团结藏族群众，屡败敌人进攻，终于把红旗插上了阿里高原。李狄三、巴利祥子、徐金金等63名将士光荣牺牲。

1951年1月30日，新疆军区转发西北军区党委嘉奖电，授予先遣连"进藏英雄先遣连"称号。3月5日，新疆军区司令员王震致电何家产师长，给进藏先遣连全体指战员记一等功。全连官兵集体授予一等功，在全军历史上，极为罕见。

2011年夏天，一位出生于1946年的藏北退休老人扎西，在拉萨给我讲了这支部队的故事。

他说，西藏和平解放以前，红汉人，是藏族人对红军和汉族人的模糊称呼。

红汉人从新疆赶往藏北改则县的扎麻芒保，李狄三带领的进藏先遣连就驻扎在那里，但李狄三已经牺牲。解放军的后续部队总指挥安志明，带领先遣连能走动的战士和自己的部下，去别处执行任务了，留在扎麻芒保的全是病残虚弱的战士。

当时土匪来袭，战士们直不起腰板，爬不上马背，就相互搀扶，把战友互相捆绑在马背上，打马奔跑，开枪射击，追赶土匪。冷风刺骨，

月清星寒，土匪被赶跑了，有的战士战死马背，尸骨冻僵，有的战士腿脚耳鼻冻伤，终身残疾。

红汉人赶跑了土匪，把土匪抢走的一万多匹牲畜归拢到一起，让牧民们认领。牧民往牲畜堆里一站，散乱的牦牛、羊、马都找到了自己的头领，围拢到主人身旁，被牧民领走。这件事，飓风一样，吹遍了整个藏北，大家口耳相传、宰牛宰羊、喝酒庆贺，都说红汉人是救命的菩萨。

再后来，喇嘛说，这些红汉人叫共产军。

每当雪线升高、冰雪融化、冰湖解冻的时候，小羊倌扎西就会看见长长的骆驼运输队，从新疆方向逶迤而来，向噶大克方向而去。见多识广的喇嘛说，这是共产军给驻守在阿里的部队官兵运送生活用品。

2010 年 8 月，我有幸参加改则县建县 50 周年大庆活动，每个乡镇

都有游行方阵，其中一个彩旗方阵，举着“先遣乡”的牌子，男子彪悍、女子漂亮。扎麻芒保后来改名叫先遣乡。我久久凝望，心情难以平静。再后来，读到了这段历史，看了电影《先遣连》，对先烈们更加崇敬，对来之不易的和平富裕，心存感恩。

先遣连的故事在阿里高原家喻户晓、口耳相传。70 多年过去了，幸存下来的英雄大多辞世，但精神永存。

李晓斌从小听着爷爷的故事长大。2010 年 12 月，他如愿参军，追随爷爷的脚步来到阿里，当了一名边防军人。现任某边防团通信连排长的他，利用巡逻休息时间，为战友们讲党课。他说，先遣连孤军挺进 1000 多公里，将五星红旗插上阿里高原。由于严重的高原反应，先遣连官兵第二天清晨都没有醒来，爷爷当时难受得连抬一下手都费劲，想喊醒大家，可是战友们完全没有反应。他不敢耽搁，铆足全身力气抽出一颗手榴弹，拉出引线扔向远方。巨大的爆炸声震醒了战友，可以说这颗手榴弹救了大家的命。

雪山巍峨，冰河逶迤，这场由先遣连后人讲授的党课直抵战友心怀。戍守边防 8 年的中士吴云辉激动地说，先辈们战天斗地、不惧牺牲的精神值得我们学习。作为一名党员，我一定会继承先辈遗志，守边固土，寸土必争。入伍以来，吴云辉一直坚守在边防一线，面对雨雪风霜，从未想过后退。建党百年之际，他向连队党支部递交了留队申请。

二、喜马拉雅哨兵

2010 年 8 月，我随南疆军区慰问团，前往某边防连慰问演出。战士们在营房门前，敲锣打鼓，列队欢迎，给每位客人献上哈达。

慰问团领导给战士们送去了许多书，其中《男性心理健康书》格外引起我的注意。随队医生为战士们义诊，大部分演员在化装、背台词、调试音箱、准备道具、与战士们交流。

我随一支演出小分队，向喜马拉雅山脉更深的地方进发。

一辆绿色越野车，载着我们五六个人，在寸草不生的山间穿行。光秃秃的山峦连绵起伏，除过黄褐色，还是黄褐色，恰似一幅古旧苍凉的油画，雄浑磅礴、气度非凡。远一些的山头，白雪皑皑。积雪融化的河水清澈亮丽，流淌在白色的鹅卵石上。蓝蓝的天上，白云朵朵，线条自然，百媚生艳。

河谷的鹅卵石越来越大，汽车颠簸得愈加厉害，与其说在路上行驶，不如说是在石头上狂舞。女演员的尖叫声一声比一声响亮，抓住车窗的双手震得生痛。

年轻的演员虽然个个是军人，但第一次到阿里、第一次零距离接触喜马拉雅山，从花红果香、物产丰富的南疆绿洲，来到缺氧少绿的阿里高原，本来就新奇而疲惫，剧烈的晃动，更是加重了高原反应。有人强打精神，面如土色；有人吸着氧气，呕吐不止。

司机是边防连的驾驶员，愧疚地对东倒西歪的我们说，从连队到边防哨所，路况都不好。如果是冬季，河水结冰，在冰面上开车，会平稳一些。

一位女兵问他，为什么不修整一下路面，许多通往边防哨所的路都很宽阔，有的哨所还开着车巡逻，徒步巡逻、骑马巡逻早就淘汰了。

司机说，这里离边境太近，两国实际控制线山谷曲折、犬牙交错，稍有动静，就会引起对方注意，这里主要还是徒步巡逻。徒步巡逻走的路不远，骑马和开车巡逻，路途远，时间长。巡逻的时候，帐篷常常被大风刮跑，战士们冻得无法入睡。因为缺氧，焦炭烧不旺，就捡拾牦牛粪当燃料。没有牛粪，就只能坐等天明。滑进冰河、冻伤皮肤、忍饥挨饿、缺氧流鼻血，是常见的事。巡逻路上，双方军人狭路相逢，有时候相视一笑，各自走开。有时候会用英语或藏语喊话对峙，呵斥对方后退。有时候会打出英文、汉文、藏文三种文字的标语，警告对方：这是本国领土，不能踏入一步。有时候双方军人一字排开，剑拔弩张，唇枪舌剑，却不敢开枪。双方对峙一个上午，口干舌燥，筋疲力尽，没有退让的迹象。忽然间，又会风平浪静，各自离去，就像什么事都没有发生一样。下次相遇，有可能视而不见、形同陌路，有可能重复上次的对峙。和平时期的边防战士虽然没有打仗，却经常打着没有硝烟的战争。边境线上无小事，双方军人都懂得这个道理，一般不会发生肢体冲突，更不会发生流血事件。一般事件，通过会晤，解决问题，达成共识。一旦发生重大事件，就会牵动两国最高权力机关，外交部直接出面磋商。

司机轻言细语地说，你们向左边的山头看，白色的小房子就是邻国军队的哨所。咱们此时的一举一动，他们都能看见。

呕吐的演员不再呕吐，吸氧的演员，拔掉氧气管。我也把头伸出车窗，不需要仰起脖子，一眼就看见了左侧山顶的白色哨所。

我反复地重复一句话，这么近，这么近，怎么就在咱们头顶上，真的能看见我们啊！

身旁的女兵和我发出同样的惊叹。

河道依然不平，汽车依旧颠簸，我一直盯着山顶的哨所，久久不放。

到了目的地，哨所的战士们列队欢迎，一条黄色军犬，人模人样地蹲在队列之尾，乖顺的样子令人喜爱。可爱的军犬没有吸引我太久的目光，我依然仰起脖子、偏着头看邻国的白色哨所。

边防哨所的战士和演员们都在忙碌，一位战士局外人一般，站在过道正中发呆。大家从他左右穿梭来往，他却没有避让的意思。我径直走到他跟前，发现他的眼神有点飘，似乎在看我，似乎什么也没看。

我把他拽到旁边，跟他聊了起来。

他当兵快一年了，自从来到边防连，站岗、巡逻、出操、学习、睡觉、上军网，一个月跟家人通一次电话，喜欢对着光秃秃的山头发呆。20 分钟以前，他从哨所的高倍望远镜里看见有车来，一溜烟地从山顶的哨所跑下来，看见几个英姿飒爽的女兵和我，一时反应不过来。

我不由自主地再次望了一眼邻国的白色哨所，又望了一眼咱们的哨所。对他说，他们是职业军人，年龄比你大得多，害怕他们吗？

他笑了起来，露出两排白净的牙齿，一字一句地说，有什么怕的，面对面喊话都不怕。

你也喊话？

一般都是藏语翻译喊，那边的边民和军人，有的也说藏语。

演出很快开始，军犬安静地卧在我身边，专注地看着节目。我则目不转睛地望着那哨所。两个哨所距离并不遥远，却是两个国家的军人驻守。我在想，邻国的军人是否正通过高倍望远镜，也在欣赏我们的歌舞呢？

这个时候，我看见一个哨兵顺着山道跑了下来，速度之快，恰似一只滑翔的雄鹰，一直滑到演出现场。我跟他握手，让他坐在我身边。一首独唱还没有结束，哨兵却不见了。

一团乌云飘了过来，豆大的雨滴落下来，转瞬变成了冰粒，打得人头顶脆响。战士们拿来棉大衣，披在演员身上，哨兵也为我披上了一件迷彩军大衣。

一位美丽的维吾尔族女演员甩起长长的辫子，扭动脖子，跳起了新疆舞。战士们纷纷跑向女兵，手拉手，跳起了圆圈舞，我也忍不住激动，加入舞蹈行列。歌舞声很快掩盖了冰粒声，身体不再冻得发抖。回到座位上，又不见了哨兵，回头张望，惊得我差点喊叫起来。

身后 10 米开外，一位身穿迷彩军大衣的战士，手持望远镜，坐在一张条桌前，背对着演出现场，雕塑一般，一动不动。他的右前方是褐

色的山峦，左前方有一大片空旷的平地。

静静地，肃穆地，走到他跟前，才发现是刚从山头哨所跑下来的哨兵。他为我披上军大衣后，就在这里值班瞭望了。

见我走近，他把望远镜递给我，并向我介绍，左前方的白房子，有邻国人居住，那个走路的就是邻国人。从望远镜里，我看见男人的腿比我两个腰还粗，胡子粗糙而浓密。

哨兵对我说，阿姨，非常感谢你。

我吃了一惊，睁大眼睛望着他。

他笑着说，我来这里当兵两年，没有见过城镇，没有逛过商店，没有见过红柳以外的树。寂寞心烦的时候，跑到蔬菜温棚，看看绿色的黄瓜叶子、红色的西红柿，大哭一场，什么烦恼都没有了，下次难受的时候，再去温棚。阿姨，你是我半年来见到的第二个陌生人，也是我当兵两年来见到的第一个女人。半年前一位首长来这里视察，跟我说过一句话，你跟我说了这么多话，所以，我要感谢你。

我的心被什么东西揪了一下，疼痛难忍，无法继续对话。

从边防哨所返回边防连队的路上，我默默无语，独自流泪。同行的女演员，一再追问我为什么哭泣，为什么伤心。

是啊，谁能告诉我，我为谁流泪，我为谁悲伤？

一位军官对我说，阿里官兵头顶上有六把钢刀——暴风雨、泥石流、雪崩、滑坡、洪水、缺氧。其实，他只说对了一半，远离亲人、远离异性、远离繁华，内心的寂寞、身体的孤独，是边防军人的隐形杀手。前者是利刀子杀人，后者是钝刀子割肉。前者杀的是肉体，后者杀的是灵魂。灵魂的创伤比肉体的创伤更难发现、更难愈合。

有一次，阿里军分区一位司令员给我讲了一件事。一位首长到阿里视察工作，问一位战士，中午吃的什么饭。战士张了好一会儿嘴，才回答，米饭。

首长当场训斥军分区领导，怎么带的兵，如此迟钝。

待首长走过所有的边防连队，离开阿里的时候，望着战士们流血的嘴唇、粗糙的脸庞，握着战士们黢黑的双手，哽咽着说，你们辛苦了，你们是共和国最可爱的军人。

三、神秘的翻译

中国共产党第二十次全国代表大会于 2022 年 10 月 16 日在北京召开。我在 2000 多名代表名单中，发现了加央欧珠的名字。

加央欧珠是阿里军分区某边防团的一名少校翻译。

他是土生土长的阿里地区札达县人。1983 年 2 月出生，毕业于浙江大学，2009 年 12 月入伍，2011 年 10 月入党。入伍 13 年，先后荣立二等功 1 次、三等功 3 次，2021 年因工作突出被评为“戍疆卫士标兵”，2022 年被推选为党的二十大代表。

从他就读的大学推测，他初中或者高中上的是内地西藏班，然后考进浙江大学这所百年名校。

阿里虽然寒冷，风吹石头跑、氧气吃不饱，但不缺红色故事。他从小耳濡目染李狄三进藏先遣连的事迹，对人民公仆孔繁森更是耳熟能详。众多外乡人为了阿里人民的幸福献出了青春和生命，作为学成归来的当地青年，他有什么理由不守好脚下这块土地呢？

边防翻译，肯定要比普通军人多掌握一种或者两种语言，还要熟悉我方的外交军事政策，了解邻国历史、军事、民风民俗。按照规定，每次巡逻都要有翻译，但实际上，翻译人才稀缺，高水平的翻译更少。加央欧珠因其与生俱来的母语及多年学习汉语、英语的优势，很快便脱颖而出。

尽管他是当地人，依然挡不住缺氧引起的思维不敏捷，勤奋便是汲取知识、拓宽视野的唯一法宝。每天中午和晚上熄灯后，战友们总能看到他在连队图书角钻研外语的身影，训勤间隙、节庆假日，他都会对着小本子小声嘀咕。自 2010 年担任翻译以来，十余年如一日，他始终保持着昂扬的学习态度和不懈的钻研精神，从一名青涩的门外汉，逐渐成长为身经百战的老边防，出色地完成了一次次警戒巡逻任务，是远近有名的“活地图”“边防通”。

有一年，进驻新建执勤点。进驻之初，由于自然条件艰苦、补给困难，为了搞好基本的伙食保障，加央欧珠带着几名战友搬运物资，蹚冰河、踏雪窝，人背肩扛修出一条生命补给线。由于连续在海拔 5000 多米以上的边防线上负重前行，他和战友们都头痛呕吐，加之感冒还没有痊愈，好几次差点倒在雪地上。

为了改善运送物资的路况，他走在队伍最前面，带着战友们，顶着大风，脚踏齐腰深的积雪，手持锹镐挖雪开路，深一脚浅一脚地艰难前行。有些地方的积雪深至胸口，鞋子灌满积雪并结了冰霜，冻得双脚失去知觉。挖雪过程中，战士陈岩岩把自己的手套弄丢了，握着铁锹的双手冻得通红，加央欧珠立即将自己的手套脱下来塞到陈岩岩手里。经过 10 多天的努力，终于挖通了道路。

为了改善执勤点的生活条件，加央欧珠带着大家开展自主建设。先后协调上级配备化冰净水设备，提前对流经执勤点的河流进行建坝拦河，解决了入冬后一线官兵吃水难、吃净水更难的困扰，并将光缆铺设到执勤点，将无线网络送到官兵身边，解决了官兵生活上的诸多不便。

他曾经婉拒组织调整轮换到条件稍好的点位，甘愿与雪山冰河为伴，树立起了新时代边关卫士的好榜样。

加央欧珠是家中的骄傲，也是村里第一个大学生，在当地小有名气，每次回家都受到家人亲戚的热烈欢迎。越是节庆日，巡逻执勤任务就越重，翻译工作就越频繁。家与战位相距只

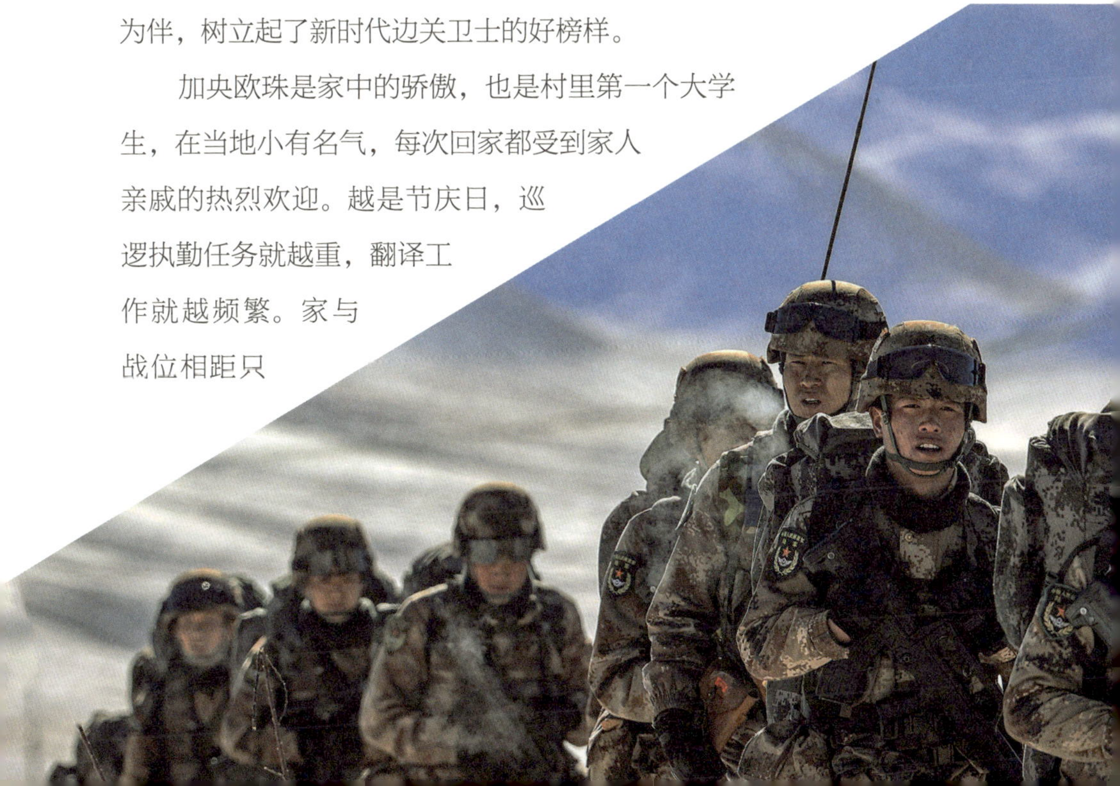

有百余公里，但入伍10余年，他几乎没有与家人过过一个藏历新年。面对这些，他有遗憾，却坦然。他说，我守卫的地方，既是祖国领土，也是自己的家园。

四、一线排头兵

一个暖风习习的清晨，我独自在布达拉宫广场漫步。暖阳照耀着红白相间的布达拉宫，古老的左旋柳婆娑迷离，缤纷的玫瑰摇曳生辉，蝶飞蜂舞，轻歌曼妙。

两位执勤的军人铿锵走过。

我在想，如果世间一片祥和，还需要军人巡逻吗？还需要军人驻守边疆吗？

我们渴望和平，和平却来之不易；我们享受繁荣，却有人在默默奉献。有的我们能记住名字，大多数则寂寂无闻。

吴玉田便是其中一位。

一个冬天，阿里军分区某边防连一个前哨组建不久，由于连续多日大雪不断，阻断了进出哨所的唯一通道，哨所官兵生活物资紧张，面临断粮断炊的困境。

连指导员吴玉田主动请缨，带领7名骨干保障队员，填充上生活物资，背上背囊徒步向山里进发。

莽莽戈壁荒原变成了白色世界，银装素裹一览无余，路边手绘的戍边石也被大雪覆盖，雄鹰和乌鸦不知所踪，呼啸不止的狂风打得脸庞生痛。最后一段海拔5000多米的盘山路考验着他们的意志，每走几十米都要停下来喘口粗气。零下20摄氏度左右的气温，目测一米深的积雪，使他们寸步难行。鞋底被冰雪浸得通透，浑身冻得瑟瑟发抖。吴玉田手持工兵锹为大家开路，后面的战友手拉手，艰难跟上。

单程 15 公里，徒步走了 9 个小时。当一行七人披着雪地披风蹒跚着出现在哨所时，惊得战士们热泪盈眶。运送任务结束后，吴玉田发烧两天。

截至 2022 年，他在边防一线服役 9 年。“海拔高，境界更高”是他的座右铭。他说高原上的人讲感情，特别是来之不易的战友情谊，每名干部都是战士们的连心桥，必须做好表率。

五、“西海舰队”

每次到阿里，我都会去看看班公湖。2009 年夏季，我上到湖中的一个孤岛。岛上斑头雁、棕头鸥翩翩起舞，万鸟齐飞，鸟鸣声声。小鸟筑巢，鸟蛋裸露，我拾起一枚鸭蛋大小的椭圆形鸟蛋，把玩了一会儿，依旧放回原处。在湖边的游客接待中心，我还吃到了湖中的冷水鱼。主人告诉我，因为湖水温度太低，每年 11 月到次年 4 月湖面结冰，一尺长的鱼需要五年生长期。

班公湖，位于喀喇昆仑山脉与冈底斯山脉之间，海拔 4200 多米，东西长约 150 公里，呈长条状，有着西天瑶池的美誉。湖水一部分是咸水，一部分是淡水，又是国际湖泊，自然神秘。我知道湖中有部队驻守，更是向往，但军事重地不便靠近，只能默默关注。

后来，终于有机会了解到这支部队。

驻扎在这里的是全军驻守海拔最高的船艇部队——阿里军分区某边防团巡逻艇分队，先后获得 20 余项荣誉。

战士们给自己取名“西海舰队”。时任营长惠立峰自豪地说，相对于巡弋在大洋深处的军舰，他们显得渺小，但守护祖国边关界湖，使

命同样光荣。湖面上没有界碑，他们就是一座座流动的界碑。代表祖国巡逻，就是为了宣示主权，确保祖国领土一寸都不能丢。

为了守护好界湖，他们每周至少进行两次战备演练，始终保持着枕戈待旦、箭在弦上的战斗状态。

班公湖是一条狭长的带状湖泊，有众多错落复杂的水湾，湖面看似平静，稍不留神就可能撞船、搁浅。战士史国柱说，哪里有浅滩、哪里有暗礁、哪里可以航行，他们都清清楚楚，但有些意外还是防不胜防。

一次，在执行任务途中，船艇螺旋桨被水草缠住，随时都有沉入湖底的危险。战士王国栋来不及穿上水裤，便跳入湖中。冰冷刺骨的湖水，使他很快失去知觉，双手被桨叶划破，也浑然不觉。

还有一次，战士们正在进行水上训练，一块篮球场大小的浮冰向船艇漂来，由于事发突然，发现时已经来不及避开。如果浮冰盖过船艇，人和船可能会一同沉入湖底。艇长李小兵冷静指挥，迎着浮冰前进。最终浮冰顺着船头把船艇推到湖岸，战士们才得以脱险。

李小兵既是艇长，又是修理“大拿”，分队一半以上的艇长都是他带出来的徒弟。船艇出了故障，他听声音就知道哪儿出了问题。前几年，该分队有了新式船艇，因不适应高原气候，提速缓慢。厂家没有遇到过这种情况，不知道船艇、飞机、汽车、枪支等在缺氧环境下也会出状况。李小兵带着技术骨干仔细研究，最终将船艇加速时间从 10 分钟缩短到 12 秒。

3

昆仑铁骑

毛主席万岁

在新藏公路零公里处，立着一块巨大的牌子，上面写着几个醒目的大字——走上高原走向阿里。牌子周围总是集聚着车辆和长途汽车司机。有时候，部队的汽车兵也参与其中，聊得最多的是新藏公路上的奇闻逸事，常常说出一串顺口溜——红柳滩上吃过饭，界山达坂尿过尿，死人沟里睡过觉，班公湖里洗过澡，谁英雄谁好汉，昆仑山上走走看。大家一边抽着烟，一边哈哈大笑，自豪之情、满足之意，溢于言表。

第一次见到张良善是2011年5月，那是在狮泉河边的阿里军分区，战士们正在院子里种格桑花种子。为什么用种，而不是撒，是因为他们把这件事搞得很隆重。先挖两尺深的沟，在沟里铺上熟土及肥料，浇水、撒种子，然后再盖上熟土。感觉把种树苗的程序用在了格桑花身上，大有高射炮打蚊子的气势。

好奇心使我问东问西，战士们倒也热情，一一作答。他们说，即使这样深耕施肥勤浇水，一阵龙卷风、一场暴雪，到了开花季节，花朵稀稀拉拉，大部分种子照样开不了花。我“哦”了一声，望向军分区后面

寸草不生的褐色山坡。山坡上镶嵌着五个巨大的白石子大字——毛主席万岁。只要是到过狮泉河的人，都知道这座山叫万岁山，是多年前军人们一枚石子一枚石子用心镶嵌上去的，早已成为狮泉河的一道风景，也令每位初见者眼热心跳，肃然起敬。

穿过枝丫繁盛的白皮班公柳绿化带，就到了办公楼，见到了军分区装备部部长张良善。由于陕西老乡的缘故，他对我格外热情，给我献上哈达，为我接风洗尘。

由此，我知道了他的传奇经历，愈加理解撒一把种子就灿烂的格桑花，为什么在雪域高原，却给予树的礼仪。

1984 年，18 岁的张良善，从山清水秀的陕西安康来到新疆叶城，在步兵连当了一名炊事员，每天做 40 个人的饭，外加喂 8 头猪、10 头驴。

张良善了解到，阿里军分区汽车营组建于 1975 年，长年奔驰在千里边防线上，担负着阿里高原边防物资运输保障任务。在阿里军人中，汽车兵享有很高的地位，被称为天路铁骑。

回到连队，张良善主动请缨，到汽车营当驾驶员。连长点个头，他

就走了。

第一次上高原，自然有师傅陪着。穿行在连片的棉田中间，粉红色的花朵铺天盖地，迎风招展，叶城的天空瓜果飘香，南疆的大地牛肥马壮。师傅见他乐滋滋的，淡淡一笑，什么也不说。

树木逐渐稀少，河流逐渐变窄，雪山逐渐凸显，喜悦逐渐恬淡。库地达坂、麻扎达坂、小黑卡、大黑卡、康西瓦、奇台达坂、死人沟、界山达坂、红土达坂、狮泉河达坂，他们一路上行，终于到了阿里军分区所在地狮泉河镇，快要蹦出胸口的心脏终于平静下来。

到了狮泉河镇，师傅把他领到烈士陵园，为进藏先遣连李狄三和他的战友们，献上哈达、点燃香烟、洒上白酒，并对他说，新藏公路上，也牺牲过我们的战友。

沿喀喇昆仑山脉蜿蜒而行，就是被称为新藏线的 219 国道，也是西域边陲的生命线。康西瓦烈士陵园在这条公路附近。这里海拔 4280 米，终年积雪不化，荒无人烟，是全军海拔最高的陵园。陵园里主要是 1962 年中印边境自卫反击战牺牲的军人，牺牲时大多十八九岁，这里

是高原军人心中的圣地。

“生在喀喇昆仑山为祖国站岗，死在康西瓦为人民放哨”，是军人的誓言。高原遇险的人，常用“差一点进了康西瓦”来形容当时的险情。有人想把烈士迁移到叶城烈士陵园，方便家属祭奠和扫墓。掘开坟墓后，发现尸体完好无损，面容红润，胡须毛发就像刚洗过一样，清晰可见。人们瞠目结舌，惊呼奇怪。其实不怪，终年冻土将烈士们保护着。此后好心人断了迁移坟墓的打算，家属们却难抵达雪原中的康西瓦。年轻的英烈们，只能生前寂寞，死后孤独。

路过的部队官兵、驴友、商人、出差公务人员，无论是上高原，还是下高原，只要路过陵园，都会在纪念碑前献上哈达、点燃香烟、洒上白酒，甚或燃几沓纸钱，念诵几句心里话，告慰他们的英灵，感念他们的精神。如果时间来不及，不能停车前往，经过此地，也会按响喇叭，鸣笛致敬。第一次上高原的军人，无一例外，都会到康西瓦烈士陵园和狮泉河烈士陵园祭奠，这是约定俗成的规矩。

在康西瓦烈士陵园祭拜的时候，张良善出现高反，头痛恶心，对师傅的讲解没怎么记住。这一次，他记住了师傅的说教，尤其对新藏公路牺牲过的汽车兵记得很清楚。

来到阿里，见识了人烟稀少、荒漠戈壁，才理解部队为什么舍近求远，不从本地就近运送物资到各个边防连，而要从千里之外的叶城，耗时费力，运来钢筋、水泥、焦炭、被服、大米、调料、蔬菜、枪支弹药、柴油、发电机，等等。

新藏公路没有修通以前，新疆军区集中各地2000余峰骆驼、1000多头毛驴，为阿里运送物资。春、夏由骆驼运输，冬天则用毛驴和牦牛。每次到阿里送给养，众多的骆驼组成的驼队蔚为壮观，浩浩荡荡行进在雪山荒漠之间。昆仑山气候变化无常，队伍行进途中，队伍的中间晒着太阳，首尾则淋着雨。一会儿阳光四射，一会儿飘着雪花，一会儿下着冰雹。有时候，骆驼走着走着就栽倒了，再也站不起来。有的牲畜高原反应，口鼻流血，行动缓慢，一个跟斗，摔下山谷，生死未卜。上阿里的时候牲畜有吃的，归途时没有饲料，加之路途遥远、劳累和高山缺氧，近一半的牲畜死在途中。

驼队走上昆仑，前往阿里，一个单程需要45天。白天凄风苦雨，风雪无阻，到了晚上，人住帐篷，牲畜卧在帐篷外，遇到狼群、野牦牛、棕熊，牲畜是第一道防线。天寒地冻，人畜相依，互相取暖。运输队的骆驼、毛驴、牦牛，死了一茬又一茬，便补够数量，再上昆仑，斗转星移，运力不减。

1951年夏天，一支驼队翻越昆仑山，给进藏先遣连在内的阿里支队送给养，出发时200多峰骆驼，返回时不到100峰。当骆驼队把第一批粮食、棉衣送到时，阿里支队官兵激动得流下热泪。他们知道，阿里边防一人守防，新疆就要有两个人和五峰骆驼来保障，每运到阿里一斤粮食，相当于新疆市场25斤的价格。

1957年10月初，在部队官兵和当地民工的艰苦努力下，新藏公路全线通车。起始点为新疆叶城县，终点至西藏阿里地区首府噶大克，全长1179公里。全线海拔5000米以上的地段有130公里，是世界上海拔最高、最险峻、无人区最辽阔的公路。

新藏公路全线贯通后，从叶城到阿里，往返一趟，需要十天半个月，中途要翻越10多个冰达坂，蹚过44条冰河。春秋两季，雪花纷飞，容易发生雪崩、寒流、暴风雪，夏季经常遭遇洪水、泥石流、塌方。

全线通车并非全年通车。每年3月至11月通车，漫长的冬季大雪封山，车辆停运，汽车兵就到边防哨所站岗巡逻。不能通车的季节，骡马、毛驴、骆驼依然发挥着巨大作用。多年以后，航拍显示，从喀什到阿里，有一条白骨森森的小路，绵绵不绝，蜿蜒千里。这条路，就是不计其数的骡马、毛驴、骆驼和人的尸骸堆积的道路，也是从内地到阿里的主要通道，是当年援助阿里的物资运输队走过的道路。

从拉萨到阿里路途遥远、道路崎岖、沿途补给少，加上拉萨本身的物资基本上由外地调运，新藏公路对阿里来说，不但是国防线，也是名副其实的生命线，成为边防部队和老百姓进出和物资供应的大通道。

张良善对能当上一名汽车兵、为边防一线官兵服务，没有后悔，反而庆幸。

当上汽车兵没多久，他就随师傅一道去札达县山岗边防连，接运烈士周治国的遗体。

周治国生前是山岗边防连的一名报务员。盛夏的一天，连队巡逻来

到帕里河，雪水如脱缰的野马，从山上急泻而下，受惊的军马在水中狂躁打转。周治国怕电台被溅起的水花淋湿，就从马背上下来，把报话机紧紧抱在怀中，不料被激流连人带马卷入漩涡。牺牲的时候，他只喊了一声：保护电台。

官兵们沿河寻找数日，没有找到他，与印度军方会晤，请印度军人协助寻找，也没有消息。直到两个月后，牧民放羊的时候，才在距下游两公里处的一块巨石下面，发现了周治国的遗体。牺牲前三天他才过 20 岁生日。

从山岗边防连出发时，天色已晚，下小子达坂陡坡的时候，发动机突然熄火，车灯不亮，手电筒没电，打火机也打不着。借着月光，打开车头盖摸索着检查，一切正常。师傅和他对望了一眼，同时爬上车厢。周治国的遗体包裹着白布，用绳子捆绑在木板上。由于颠簸得厉害，此时周治国的遗体连同木板一起搭在车厢围栏上，再稍有颠簸，遗体连同木板就会掉下车去。

两人一边捆扎好遗体和木板，一边念念有词：治国，好兄弟，不会丢下你不管，好好的，咱们一起回家。

再次启动，发动机轰鸣，车灯明亮，刚才的一切似乎是一场梦。

张良善对这条路逐渐熟悉，哪里容易发生雪崩，哪里容易发生泥石流，哪里有拐弯，需要打几把方向盘，都铭记在心。回到叶城留守处，战友们吹牛的时候，他也能信口说来：

库地达坂险犹如鬼门关，

麻扎达坂尖陡升三尺三。

黑卡达坂悬九十九道弯，

界山达坂高伸手可摸天。

再高再险的路，只要道路平坦，车况良好，大家都很乐观，怕就怕意想不到的危险突然降临。

1987 年 10 月，向阿里运送物资。出发前，张良善把自己车上备用的配件借给了另一名驾驶员，返回叶城经过多玛 130 公里、距红柳滩 230 公里的无人区时，车上的齿轮坏了，由于没有配件，他只好让副驾驶搭乘另外一辆下山车取配件，自己则留下来看车。长年奔波在新藏线上的官兵，都知道这样一句口头禅，天不怕地不怕，就怕红柳滩到多玛。

这一等，就是 15 天。

临别时战友给他留下两天的干粮，干粮吃完以后，只能到十几公里外的小湖边，用铁锹打鱼，然后用喷灯和高压锅将鱼煮熟。高原上的鱼皮有筷子那么厚，没有调料，难以下咽。被困的十几天里，每天的事就是打鱼、煮鱼、吃鱼、睡觉。后面的几天看见鱼，就恶心。救援的战友看到黑瘦的他和一大堆鱼骨头，一句话都说不出来。

临近冬日的一天，大雪马上就要封山，汽车营接到为阿里一个边防连运送一车冬菜的任务。老驾驶员大部分休假，新手不敢上路，张良善主动请缨。去的时候比较顺利，返回途中，40 多厘米厚的积雪覆盖了界山达坂，他和副驾驶一起挖雪开路，勉强挖开几尺，雪花比核桃还大，刚刚开拓的路面，转眼又被风雪掩埋，一天下来才走出两公里。如果汽车发动时间长，耗油量就会加大，熄火时间长，又担心水箱冻坏，因此人也不敢休息。

他和副驾驶轮换着吃一些干粮，继续挖雪。干粮吃完了，饥饿困乏，却不敢到驾驶室睡觉，怕一旦睡过去，就起不来了。吃完了一瓶野山椒，雪路还没有走完。爬上车厢找到一些米粒、馕饼屑，连带着灰尘，一口吞下，打出来的嗝都冒着一股汽油味儿。没有提神的办法，就互相揪对方的头发、耳朵、鼻子。

从叶城到阿里，运输责任最大的要算运送新兵，不但车要安全行驶，还不能让新兵冻着饿着。

1991 年 4 月，叶城的石榴花，红似火，艳如霞，张良善踏上雪域昆仑，担负着运送 17 名新战士到普兰哨所的任务。途中遇到雪崩，把前面 200 米长的路堵死了。因为大部分新兵头痛恶心，呕吐不止，所以他先安排新战士下车休整，随后带着副驾驶挖雪开路。为了安全，他始终在前面开道，副驾驶紧跟其后。挖一段要吼几声，试探是否会继续雪崩。

新战士要求替换他俩，张良善不同意。初上阿里的人，体力消耗过大，容易导致休克。挖了一会儿，他开始头疼，便用绳子勒紧脑袋，坚持往前开道。两名新战士自称身体素质好，夺过铁锹，挖了不到 5 分钟，就瘫倒在地。

忽然，再次发生雪崩，他被雪块掩埋，副驾驶带着 17 名新兵把他从雪堆里扒了出来。新战士第一次经历这种情景，吓得目瞪口呆。大伙把剩下的两个馕饼让给他吃，他却把两个馕饼分成小块，强迫新兵吃下，并告诫他们，驻守边防，首先要保住性命。

天逐渐黑了下来，寒风刺骨，星光闪烁，连队来了救援分队，新战士激动得大声喊叫，老班长，我们有救了。17 名新战士哭成一团。他也控制不住激动，泪流满面。只是，背对着新战士，不让他们看见。

依然是冬天，接到给阿里军分区补送烤火煤的任务。

他带了 5 台车 10 个人，准备了半个月的干粮，不料途中遭遇暴风雪，边走边挖雪开路。老解放车经不起颠簸，水箱漏水，发动机抛锚，烧瓦。在这荒无人烟、雪海茫茫、饥寒交迫的境遇下，时间一天天过去，大家饿得头晕眼花，还是不见过往车辆，得不到救援。一行人中他是老兵，又是带队的班长，只能强迫自己下车爬到车头，帮战友合瓦，可是修了不到 10 分钟，就支撑不住，倒了下去。

就在他倒下去的刹那间，他眼角的余光看见一只野狼正在追赶一只黄羊。仿佛黑暗中看到了光明，他猛地从地上爬起来，跳上另一辆车，加大油门朝野狼追赶而去。没追多久，狼就丢弃了黄羊。当他下车准备拾起被狼咬死的黄羊时，发现那只狼还在前方十几米远的地方，喘着粗气，吐着红舌头。按响喇叭，狼根本就没有走的意思。于是，他挂上挡加大油门，朝狼冲过去，同样饥饿的狼才逃之夭夭。

终于从狼的口中夺到了黄羊。雪水煮黄羊肉，每天吃一小块，10个人才没有饿死荒野。这一趟，前后跑了一个月零三天。

张良善的故事逐渐在汽车兵中传开。他被当作楷模和英雄，被人津津乐道。有人劝他复员转业，回到内地，开一家汽车修理厂，日子一定会红火。

这个时候，他有了一位天生丽质、聪慧灵秀的妻子，来自陕西老家的何桂丽。自从有了漂亮妻子，他再也没有穿过油腻的衣服。妻子像众多军嫂一样，住在叶城留守处，一次次送走精神焕发的丈夫，一次次迎回披星戴月的夫君。冬去春又来，贤淑的妻子逐渐理解了丈夫的工作，对高原上的边防军人和他们的妻子儿女更加关照。

善良的女人容易满足。何桂丽意识到自己是个幸福的女人，十天半个月，还能见到丈夫一面，而那些边防军人，一两年都难见到家人。她的邻居，有好多是随军不随夫的军嫂。这些艰辛，有的是她体会到的，有的则是听来的。

什布奇边防连，位于喜马拉雅山脉腹地，离边境很近。一年中，大半时间大雪封山，汽车兵必须赶在大雪封山之前，将一年所需的焦炭、粮油、蔬菜、柴油、枪支弹药、通信器材，全部运送到位。送一车海带、粉条吃几年，但不能天天吃这些东西。每次见到汽车兵，战士们就像见到亲人，欢呼雀跃。一年送一麻袋书信、两麻袋莫合烟、三麻袋报纸书刊，第二年再去，烟早抽完了，用报纸卷一种红草，当烟卷抽。

电视没有信号，只能看录像，演员说出第一句台词，战士们就能接上第二句，并能背诵大段大段对白。

千里新藏路上，最累不过驾驶员。手握方向盘，脚踏鬼门关，屁股坐的是阎王殿。有人在风雪中修车时，手抓保险杠时间太久，松手时，手掌肉皮撕裂。有的冻掉耳垂，有的因为冻伤而截肢，甚至献出生命。有的为了抢时间通过路段，被发情期的牦牛连车带人推到路边。有的在深夜，点燃轮胎、坐垫、衣物，驱赶野狼，与狼周旋。有的车陷冰河，一直朝前开，一鼓作气冲上岸边。有的车陷沼泽，倒着开，迎着冷风，一夜风流——流一夜鼻涕。蜷缩着身子，睡车厢当“团长”，只是轻如鸿毛的事。有人饿得吃牙膏、喝汽油、饮冰雪。有人冻死后，怀里揣着遗书，手里捏着馕饼。

1998 年提干前，张良善往返阿里 280 多趟。

后来，他离开了青草萋萋、山明水净夜来爽的叶城，把自己完全变成了阿里人，在阿里军分区担任装备部部长。他先后被授予“五一劳动奖章”“昆仑卫士”“共和国的脊梁卫士”等荣誉称号，受到国家领导人的接见。

2021 年张良善退休后回到西安，终于可以呼吸到足量的氧气，享受平常人的天伦之乐。

当然，他梦中出现最多的，还是喀喇昆仑山、风雪边疆。

4

天路守护神

部队是一个大熔炉，使具有优秀品质的人更加熠熠生辉，性格懦弱者获得自信。在我与何剑波不长的交流中，发现他起点并不高，天生淳朴、心无旁骛，被昂扬向上的氛围保护得很好，无论经历多少艰辛，依然是一块质地洁净的璞玉，属于实实在在干出来的英雄。

所谓善者无敌，他的诚实肯干让他流了更多汗，忍受了常人无法承受的寂寞与孤独。他的真诚对人，成就了他，使他获得了巨大荣誉，让他在普通人中显得不普通，改变了自己和家人的命运。

我亲历的汶川地震救灾现场，随处可见救援的吊车、推土机、装载车等等。他们义无反顾地抵达第一线，在或狭窄或危险的空间，枯燥重复地挖掘、推土、填平。北川老县城的擂鼓镇附近，当时要炸毁堰塞湖，直升机在头顶飞来飞去，一会儿吊一个巨大的油罐，一会儿吊一台挖掘机，看得我胆战心惊。仰起脖子看的同时就想，执行任务的肯定是军人，只有部队才有能力和魄力拿下如此高难度的工作。

在后来的采访中，不停地听到军人从废墟中救出了灾民、军人开通

党员突击队

了道路、部队医院给他们做的手术。还有人告诉我，每遇大的天灾人祸，部队官兵总是第一时间奔赴现场。有的战士年轻，没见过缺胳膊少腿的尸体，再惧怕也要咬紧牙关救出活人，翻寻遇难者尸体，给生者光芒，给死者最后的尊严。

有一次，我突发奇想，为什么不走进这个群体，采访和了解他们呢？多方打听和了解以后，发现他们来有影、去无踪。部队有部队的纪律，不是谁想走近就能走近的。

近年来，经常听到一些重大灾难，比如尼泊尔地震、西藏日土县冰崩、新疆叶城特大泥石流等等，心中就想，部队肯定最先赶去。却没想到，何剑波就参与了这些重大灾难的救援。如果说他见证了近 20 年中国的许多灾情、参与救援了这个时间段的多场灾难，一点儿也不为过。他以军人的形象，成为灾民的救星、灾难的救助者。但首先，他是具有国防战略地位、被称为“天路”的新藏公路的守护神。他曾当选为党的十九大代表，荣获“武警部队十大忠诚卫士”称号，多次被评为“优秀士官”“优秀士兵”，荣立一等功 1 次、二等功 1 次、三等功 3 次。

何剑波 1980 年出生在湖南郴州山村。他初中毕业后开始种地，1999 年瞒着父母报名参军，来到位于乌鲁木齐的武警交通四支队。第一次走出大山，第一次看见火车，第一次放开肚皮吃饱饭，还不要钱，使他整日乐呵呵的，见到啥都稀奇，看到啥都想尝试，第一年就成为连队名列前茅的挖掘机手。

1957 年 10 月，新藏公路建成通车，属于简易沙砾路。这条公路盘旋穿行于喜马拉雅山、冈底斯山、昆仑山和喀喇昆仑群峰之间，不仅是西藏阿里通往外界的生命线，更是西部边疆的重要通道。

2002 年年初，支队奉命上勤西藏阿里，担负新藏公路的道路养护任务。新藏公路北起新疆叶城零公里石碑，南至西藏拉孜县查务乡 2140 公里石碑，全长 2900 多公里，途经多条冰河、几十座海拔 5000 米以上的冰雪达坂，气温低、氧气稀薄，就算不动，也相当于负重 40 公斤。

何剑波随第一批上勤官兵，从新疆叶城出发，千里挺进新藏线。9 天的行程让他经历了生死考验，尤其是车队翻越界山达坂时，海拔陡然升到 5300 多米，同车的战友出现剧烈的高原反应，一个个面色青紫、昏昏欲睡，有好几个战友抱着头嗷嗷大叫。何剑波头痛欲裂，紧咬双唇，双手使劲摁住头，才能缓解一点痛苦。

中队的营房竟然是一个废弃的羊圈，没有照明电，没有干净饮用水，连牧民的帐篷都见不到。三月的荒原，风雪不止，寒冷刺骨，他打算申请回叶城。此时，噩耗传来，驾驶员黄帅因上勤突发高原脑水肿光荣牺牲，临终前的遗言是：如果我死了，请把我埋在这里，我要和我的战友一起守护着天路畅通。

这件事对何剑波触动很大，他选择留下来。

初来乍到，中队既要自己动手修营房，又要养护道路，加之缺乏高原施工经验，超强度的劳动，使很多战士累倒在工作岗位上。大多数施工在无人区，只能住简易帐篷、啃饼干、吃榨菜、喝生石灰消毒的雪水。

2006 年 5 月，38 名官兵进驻界山达坂，担负该段成型路基的施工任务。

界山达坂是新疆与西藏的区界，军人之间吹牛会说，神仙湾上放过

哨、界山达坂撒过尿，足以说明界山达坂气候环境之恶劣。夏季是界山达坂风雪稍弱的季节，也是施工的黄金时段，大家格外懂得时间的珍贵。

大部分官兵寄居在距离达坂 20 公里外的松西乡牧民家里，少数工程技术人员和操作手住山顶的帐篷。5 月下旬，界山淅淅沥沥飘起了雨夹雪，被褥全被淋湿，大家只好卷着被子调侃到天亮。后来，中队从日土县城买来油毛毡，把乡里所有房顶统统覆盖一遍。6 月 17 日，连续工作 30 多个小时的推土机操作手何剑波，因过度疲劳，被战友们抬回帐篷。他弯腰坐在床边，右手死死握住脚踝，双眼紧闭、两腮突起，豆大的汗珠挂满面颊，因双脚变形，血痂把袜子和脚黏在一起，无法分离。

随着界山施工强度的逐渐加大，恶劣的高原环境对官兵身体的摧残越来越严重，许多人头昏脑涨、吃不下饭，刚刚吃下的食物又呕吐出来，体质明显下降。进入 6 月下旬，两天内 8 名战友相继病倒，全中队 38 名官兵 3 天只吃了不到 8 公斤粮食。为了保存体力，跟上施工进度，中队从狮泉河找来药，干部每天蹲守在工地，督促大家尽量多吃饭。

7 月 11 日中午，因中队缺少平地机操作手，何剑波就驾驶平地机平整路面。当推进到山坳边缘时，因为路面打滑、沙土松软，平地机突然往下陷滑。他拉住制动杆，强行推上倒挡，压下铲刀片试图阻止机车

下滑，同时拉响了报警器。当战友们听到警报声急速赶来时，平地机已经和地面形成 30 度角，而后面就是 5 米高的边坡。战友们喊他跳车，他却仍在驾驶室里做最后的努力。最后救援人员分成两组，一组在平地机下滑的方向填塞大型硬物，一组近 10 名官兵拉着双股的钢丝绳，追着平地机套牢牵引。许多战士的双手在扯拽钢丝绳的过程中蹭破了皮，一名战士的手被钢丝绳勒得几乎见骨，就连牵引翻斗车，也在路面上留

下两条近 10 厘米深的辙槽。最终，何剑波和平地机得救了。当战友们把他从驾驶室扶下来时，他已经处于虚脱状态，汗水浸透了全身，右手则因为拉握制动杆过度而脱臼。

2006 年 8 月，中队 38 名官兵凭借超乎常人的意志，在 91 天的鏖战中，圆满完成了 78 公里成型路基的修筑任务，同时也开创了全军建制连队在高海拔地区施工的一项新纪录。

按照当兵年限，何剑波可以复员回家，同时家乡的一家工程单位非常欢迎他，家人也希望他能在家门口工作。

也就是那一年，他和另一名技术员从“死人沟”返回营地时，汽车抛锚，雪越下越大，天色渐渐变暗，而狼群却在慢慢靠近。他们躲进车里，把大衣的棉花掏出来，用火点着往车外扔。扔一点，狼群退几步，火灭了，狼群又围上来。他们与狼群进行着拉锯战，累得精疲力竭，最后冻僵在驾驶室。路过的牧民罗布把他们背回家，用雪坨子搓脚、酥油茶进食，整整三天三夜他们才恢复知觉。面对他俩的感激，罗布说，是武警给我们修好了致富路，你们辛苦了。藏族同胞的深情厚谊，坚定了他扎根高原的决心。

冬季，是支队工作最紧张的时候，特别是大雪封山以后，新藏线马攸木拉、门士乡、普兰支线等地段，积雪常常厚达三四米，能见度有时不到 2 米，经常有行人、车辆被困，救援任务繁重而辛苦。

2009 年 1 月 18 日，快到春节，驻地迎来了一场暴风雪，沿线多条路段被积雪覆盖，导致过往车辆无法通行，根本看不出哪里是路，哪里是边沟悬崖。虽然部队通过短信向过往司乘人员发布了预警信息，但冰天雪地却挡不住归家人的脚步。一个求救电话打到大队部，睡梦中的何剑波被大队长叫起，K1496 有三辆车被困，其中一辆车上有老人和小孩。何剑波立即发动装载机，5 个小时后，用装载机把小车拖出了雪窝，三辆车上的 11 人全部脱险。

2015 年 1 月 25 日，阿里地区普降暴雪，马攸木拉段被积雪覆盖，道路严重受阻，30 多辆车 100 多人被困途中，中队立即投入清雪保通行动。由于路标被掩埋，加上七八级大风，坐在驾驶室根本看不清路面。为了尽快打通风雪路段，解救被困群众，何剑波把自己裹得严严实实，跳进积雪，为装载机引路。冷得实在受不了，他就爬进驾驶室暖和一会儿。经过 5 个小时的坚持，最终打通了 500 米的积雪路段，为受困车辆开辟了通道。

经过武警交通部队官兵的艰苦劳动，新藏公路于 2012 年完成黑色化，实现全年通车。以前从阿里到叶城需要三天车程，有时一个来回十天半个月，现在一天半就可以到达。120 救护车或者执行紧急任务的车辆，可以朝发夕至。川藏公路除通麦段 14 公里便道外，其余路段 2013 年完成黑色化，14 公里便道于 2016 年实现黑色化。

何剑波和他的战友们不但养护保通本中队负责的路段，还随时参与外援工作。

中尼公路是中国西藏通往尼泊尔的一条公路，由拉萨开始，经日喀则、拉孜县（318 国道），然后分为两条支线（东线为主）。东线为定日县—聂拉木县城—樟木口岸—友谊桥—尼泊尔首都加德满都，此线在 1965 年建成通车。西线为拉孜—219 国道—吉隆县城—吉隆口岸—尼泊尔。

2015 年 4 月 25 日，尼泊尔发生 8.1 级地震，日喀则地区吉隆县、聂拉木县受灾严重。地震发生后，支队根据上级命令立即启动抢险救援预案，赶赴灾区担负道路抢通任务，何剑波成为第一批应急救援成员。

中尼友谊隧道的隧道口被从山上滑下的巨石完全掩埋。由于余震和大风，隧道口上方不断有石头滚落，峭壁上的巨石随时都有可能垮塌。面对 30 余辆滞留的私家车、运送物资的车辆和隧道对面亟待救援的群众，当务之急是打通救援通道，尽快将伤残者救出来。

路面狭窄，仅能容下挖掘机履带，塌方体长达百米，左边是峭壁，右边是深达 200 米的悬崖，毫无作业面可言，稍有不慎就有可能车毁人亡。年轻的操作手胆怯了，地方的操作手退缩了，轰鸣的机械突然沉默，随队地方专家看了直摇头，大家一筹莫展。看到这番情景，何剑波主动找地方专家组要求承担开挖任务。他结合过往经验，提出越过塌方体，实施双向开挖的抢通战法，得到专家组认可。

23 时，光线昏暗，作业面狭窄，眼看快要到达塌方体，突然挖掘机一滑，溜到离悬崖边沿一米的位置。山体上滑落的石块不断冲击着挖掘机机体。咚咚两声巨响，驾驶室被石块砸了一个大坑。他凭着多年练就的过硬技术和良好的心理素质，继续前进。

没有宽敞的作业面，只能在挖掘机履带三分之一悬空的情况下开展作业。细心加耐心，在飞石下连续挖掘 5 个小时后，终于打通了友谊隧道、国道 318 线 K5362 处等关键性路段，比预计时间提前 6 个小时，为救灾物资运送和受灾伤员转移提供了保障，大大提高了救援效率。

坐镇指挥的首长赞叹说，何剑波技术好，完成了生命孤岛的最后一挖，立了大功。回忆起当时的情景，他说，当然也担心过、害怕过，自己也是血肉之躯，上有父母，下有儿女，同时也深知这不仅仅是救灾，更重要的是政治任务和国家荣誉。

这次抢险救援后的5月12日，尼泊尔7.5级二次强震袭来。当时何剑波正在中尼公路吉隆口岸方向的尼方境内段第二作业点抢通，巨石毫无征兆地砸下来，漫天沙尘。他凭着多年施工抢险经验，迅速将挖斗前伸抵挡落石，同时组织战友谨慎后撤。

跨出国门执行任务，时间紧迫，政治要求高，为了尽快抢通生命通道，他每天工作达16个小时以上。为了保持良好的精神状态，操作室内，他自备了风油精和儿女的照片，犯困的时候，抹点风油精，看看孩子的照片，精气神就又上来了。

抗震救灾30天，他没有换过一次衣服。又脏又臭的内衣，将他的背部、腹部、裆部磨烂，卫生员一边擦拭，一边流泪。

一份资料显示，何剑波有100多名徒弟。我问起这事，他说手把手直接带过的徒弟也就十来个，最令他心疼的是刘质宏。

刘质宏是四川邛崃人，聪明精干、技术过硬，30多吨重的轮式挖掘机在他手中仿佛变形金刚，近10米长的挖掘机臂就像长在他身上一样，无论日常养护保通，还是危急抢险救援，都能保质保量地完成任务，战友个个喜欢他。在他的工作笔记里，何剑波强调的每一个重点难点，他都工工整整地记录下来，做成巴掌大小的卡片，闲暇时拿出来温习。

2016年7月17日，西藏阿里地区日土县东汝乡发生了特大冰崩。

这是史上罕见的特大冰崩，6亿立方米的巨大冰川体瞬间崩塌，冰崩带长约8—10公里，宽约5公里，平均高度15—20米，造成东汝乡阿汝村9名藏族群众和数百头牲畜被埋。受灾地点海拔5030米，为自然牧区，西面均为海拔6500米左右的冰川高山，东面为阿鲁措河，含氧量不足30%，昼夜温差达25摄氏度以上，救援环境极为恶劣。

根据统一部署，支队出动人员机械，成立抢险救援小组，担负搜寻埋压人员、清理冰川积雪、打通沿湖通道等任务。何剑波和刘质宏作为先锋队成员，开着机械艰难地向前推进。7 月 20 日 10 时许，正在驾机作业的刘质宏感到身体不适，何剑波立即向指挥长报告。但刘质宏不顾劝说，坚持不下火线，被现场指挥员和何剑波强行拉下车休息。随队军医在对他进行应急治疗后，马上送往 400 公里外的日土县城进行抢救。

担心的事还是发生了，刘质宏的生命定格在了 23 岁。

8 月 31 日上午，四川省邛崃市委会议室，举行追授武警交通部队邛崃籍战士刘质宏烈士“中国武警忠诚卫士”奖章暨追记一等功大会，何剑波含泪讲述了爱徒的点点滴滴。这场特大冰崩救援，竟成了师徒二人的诀别。

何剑波对我说，每个战士都是家里的顶梁柱，一旦牺牲或伤残，会改变一个家庭的命运。让他稍感安慰的是，刘质宏还有一个弟弟，现在应该 13 岁左右了。

据统计，在阿里高原连续工作五年以上的官兵，均患有不同程度的高原性红细胞增多症、高原性心脏病、高原性指甲凹陷、脱发、记忆力减退等疾病，出现结婚之后怀孩子难、因本人患有高原疾病导致孩子患病、因长期分居导致离婚等问题。何剑波也患上了高原性心脏病，健康状况大不如前。

2017 年 10 月，他成为中国共产党第十九次全国代表大会代表，在首都北京参加了这一盛会。

2022 年 7 月，何剑波从新疆叶城调到西藏拉萨郊区的培训基地，教授学员操作和修理工程机械，如吊车、挖掘机、装载机、推土机、架桥车、拖车等等，只要是车，他都会开、会维修，属于真正的技术能手。

何剑波有转业机会，但他的高原情结越来越重。从 1999 年当兵到 2022 年，23 年过去了，他属于延期服役。他说部队如果需要他，他会

一直在部队，培养更多技术过硬、品质优秀的操作手。如果部队安排他退伍转业，他会服从命令。军人就是以服从命令为天职嘛！

其实，每年最难熬的是战友复员的日子，他不敢出现在送兵现场。为了让自己好受一点儿，他会提前和复员的战友吃饭喝酒聊天，把想说的话说完说尽。

我说待孩子们长大，懂得边疆的重要、军人的奉献，了解了你的艰辛与荣光，他们会更加理解你、热爱你。他们会为有你这样的父亲，感到无比骄傲和自豪。

5

你守边防我守你

一、致敬军嫂

2006 年 7 月底，我在成都一个驴巢，搭乘一辆深圳来的越野车，一行五人出发前往拉萨。傍晚入住小旅店时，我背上自己的小包，双手插在裤子口袋里，站在车尾笑眯眯地看着驴友们大包小包卸东西。一低头，看见裤腿被车尾气熏黑，往后退的时候，有人回头问我，你的进藏装备呢？我被问得莫名其妙。待明白我就这身装扮进藏时，他们全都哈哈大笑。

翻过一座又一座山，山与山之间总有或大或小的深沟小溪。过了二郎山隧道，还不见布达拉宫的影子，焦虑中我不停地问，什么时候到拉萨啊？又引来一车笑声。众人笑后才告诉我，成都到拉萨 2000 多公里，起码也得五六天车程。

车过横断山区时，我们左边是高高的光裸山坡，右边是浅浅的砾石河滩，一阵风起，尘土飞扬，泥石滚落。也有勇敢的司机，一踩油门，

从飞土走石中钻过，我们则停在路边，等待尘埃落定。烟尘还未散尽，突突的声音响起，一辆小型推土机正在清理路面，驾驶员是一位绿衣军人。我以为看错了，惊呼军人怎么维护公路呀，这不是道班工人干的事吗？

有人告诉我，川藏线和新藏线由武警部队维护和保通，西藏所有国道都不收过路费。赞叹过后来到怒江公路大桥，桥身几乎掩藏在悬崖峭壁间，路过车辆显得异常安静，并无人拍照。见多识广的司机说，20 世纪 50 年代修筑川藏公路的时候，这里牺牲了不少人，几十年过去了，人们还怀念他们呢。不久，车的水箱突然冒起了白烟，油箱干枯，彻底抛锚。我们向附近的兵站走去，军人非常客气热情，给我们加了足够跑

到下一个加油站的油。

最险的是通麦天险，一边是惊涛拍岸的帕隆藏布江，一边是高耸入云的山峰。这里雨水丰沛，森林茂密，每条冲下山的小溪都非常湍急。大约 30 米的一个路段，水就流淌在水泥路基上，坐在车上能清楚地感觉到车轮打滑和漂浮。又一个路段，头顶有坚固的铁丝网覆盖，网子上兜有石头泥土，时不时发出簌簌声。我一次次仰望，心生恐惧，更多的是感叹。是什么人在如此细心地呵护一条普通公路？这要投入多大的人力、物力、财力呀？

当天晚上投宿林芝，终于不再为道路的险峻担惊受怕。晚餐吃的是火锅，聊起一路的艰辛，我哭出了声，发誓再也不走川藏公路，太后怕了。

某一日，中央七套播放一位军嫂的事迹，画面是川藏线72道拐和老虎嘴。久违的318国道迎面扑来，使我忍不住多看了几眼，立即被军嫂背后的故事打动。

军嫂名叫朱红红，1978年出生于甘肃镇原，与丈夫袁耀武是高中同学，大丈夫一岁。电视中，她和儿子从老家丈夫的坟冢前包了一抔泥土，辗转三天，来到位于芒康县的烈士陵园。这里有丈夫的衣冠冢，她将家乡的泥土放置坟前，声泪俱下。

袁耀武于2008年3月1日牺牲，时年29岁。

他1997年入伍，生前系原武警交通一总队四支队二中队政治指导员。

入伍11年，他参加了200多次抢险任务，近百次与死神擦肩而过。2007年7月23日，受持续降雨影响，原本地质结构极不稳定的脚巴山段塌方，泥石流不断，10多公里路段被淤积物完全覆盖，川藏公路告急。袁耀武带领战友火速进入现场。视野能见度在2公里内，有11座小山般的泥石流和塌方的淤积物。两处小山沟还在不断倾泻泥石流，黏稠的泥浆夹杂着巨大的山石翻滚而下，坠入深不见底的悬崖。巨大的响声和令人目眩的山崖，让在场的每个人都不寒而栗。

周密部署后，开始清理淤积物。清理过程中，再次发生塌方，把他们死死堵在中间，形成一个孤岛，油料和给养断供。袁耀武带领战友们肩挑背扛，蹚过浸过大腿的泥浆，翻越塌方体，将半吨柴油和食物送到现场。经过两天两夜奋战，比预计时间提前一天抢通道路后，袁耀武因体力严重透支和感冒，在病床上躺了三天。

在他昏睡的7月25日，新华社发布了一条消息：经过武警交通四支队官兵连续48小时的艰苦鏖战，受塌方、泥石流影响的川藏公路脚巴山段恢复通行，被困的80多辆地方过往车辆和200余名司乘人员顺

利脱险。

2008 年 3 月 1 日上午 10 时 30 分，袁耀武正和战友们在脚巴山上清理路面，山脚下是汹涌的澜沧江。藏族司机扎西上气不接下气地跑到袁耀武面前，不停地比画。凭经验，他感到灾情严重，跳上装载机，和操作手舒春红一路飞奔。现场尘土飞扬，斗大的石头从山顶滚落，5 台车辆和司乘人员被困其中，随时都有车毁人亡的危险。他仔细观察现场后，果断决定，先疏通放行。他指挥舒春红驾驶装载机快速清理塌方体。20 分钟后，乱石堆上便开凿出了一条简易便道，受阻车辆在他的指挥下小心翼翼地通行。顾不得歇口气，他们继续拓宽路面。突然，脚巴山上狂风大作，山石随风滚滚而下。

赶紧撤，他下意识地大喊。一块巨石击中装载机身，站在装载机左侧踏板上指挥的袁耀武，瞬间被巨大的惯性重重地甩到半山腰的乱石堆

上。生命的最后一秒，他用微弱的声音问，舒春红怎么样？

舒春红被救活了。袁耀武牺牲后，妻子朱红红把他的骨灰抱回老家，带回去的还有一套他的武警服，一直挂在衣柜里。儿子当时只有 6 岁。儿子说，长大以后要穿。为了生计，朱红红将儿子托付给公公婆婆，在上海电子厂打过工，在北京医院当过护工。由于常年奔波劳累，积劳成疾，左脚患上趾骨坏死症，经常疼痛难行。回到老家的她，与公公婆婆和儿子同住。朱红红被评为“武警部队十佳军嫂”。

怀念袁耀武的何止家人和战友。

得知他牺牲的消息，年过七旬的五保户阿旺措姆老人哭得像个泪人，每天步行10多公里，到袁耀武牺牲的地方，诵经祈祷，撒上糌粑、青稞酒、风马，给鲜血染红的礁石挂上洁白的哈达。她说，他的灵魂附在每一块石头上。袁耀武当排长时，了解到阿旺措姆老人孤独一人，生活艰难，送给她500元钱，并和战友们一起帮她修缮房屋、添置生活用品，只要有空，就去看望老人。

家住中队旁边的魁梧大汉贡嘎，得知消息，一天都没有吃饭，不愿意接受这个事实。他家修房子，袁耀武和战友们开来装载机，帮他挖土方、运来石头。附近学校建房，他们也来帮忙，真正做到了军民一家亲。

数年间，我穿梭于青藏高原的各条公路，深切地理解了几条进藏公路是国防线、生命线的理念，对守护生命线的袁耀武和军嫂们心怀敬意。

二、你守边防我守你

多年来听过众多军嫂的故事，记忆犹新的是叶城“女人村”一位年老的军嫂。丈夫牺牲以后，埋在叶城烈士陵园，她选择留在叶城，方便逢年过节去看望丈夫。后来，她将一个儿子也送到阿里高原，当了一名

边防军人，更没有离开“女人村”的理由。

叶城是新藏公路的起点，也是阿里边防军人的大后方，家属集中住在这里，自然形成了“女人村”。军嫂随军不随夫，丈夫都在千里之外的阿里高原戍边，只在休假的时候才下山到叶城，与家属团聚。

吴洁琼却是个例外。

2022 年 10 月，我与阿里军分区某边防团干部刘晓东联系，希望他为我提供几张照片。加上微信以后，估计他在网上搜过我的简历，问我是南郑人吧，说他妻子是城固人，我便称呼他老乡。出于好奇，问他俩怎么认识的，他回复说忙着呢，把妻子电话告诉我，让他妻子吴洁琼跟我聊。

吴洁琼声音甜美、知书达礼，令我顿生好感。2013 年 4 月底，我作为采风者，去普兰边防连，参观了进藏英雄先遣连住过的土坯房，见识了蔬菜温棚的绿叶菜。两年以后，她作为新娘，在那里举行了一场军中婚礼。而我们几乎是两代人，是同饮汉江水的陕南女子。

吴洁琼家在城固县城，父母做点小生意，还有一个弟弟。父亲曾在兰州当过三年义务兵，爷爷 20 世纪 50 年代在青海当过兵，二爷爷在新疆喀什当兵时间比较长，现在已经 80 多岁，无儿无女，和他们一起生活。所以，吴洁琼在很小的时候，就听过帕米尔高原和阿里高原的故事。李狄三率领的进藏英雄先遣连的故事，她是熟悉的。上高中的时候，她见过张良善“英雄探妻”的照片，萌生了嫁给军人的想法，对西藏非常向往。在西安上大学时，一个暑假与一位同学坐上火车去拉萨，一下子喜欢上了拉萨的古朴与和谐，跟着当地人学习藏文，逗留了一个月时间，幻想以后在拉萨工作，架不住父母的催促，只好回到陕西。

一位同学的同学在阿里当兵，给她介绍了刘晓东。刘晓东老家在四川甘孜州炉霍县，藏族人，2008 年高中毕业入伍到阿里。两人联系上以后，刘晓东被吴洁琼的照片迷住了，更巧的是两人竟然都出生于1990年11月。2014年9月18日，两人在成都见面，彼此一见倾心。2015年夏，刘晓东到城固拜见了吴洁琼的父母，计划11月举办婚礼。9月，她辞掉幼儿园教师工作，从西安飞到拉萨，拉萨飞往阿里，到了狮泉河镇，却不见刘晓东的影子，原来他在普兰边防连代职副连长。

几天以后，她搭乘阿里军分区物资保障车前往普兰。五六个小时以后，车在距边防连几百米的山下停住，刘晓东牵着一匹戴红花的枣红色军马出现在她眼前。这是连队最英俊的巡逻军马，敲锣打鼓的声音随即传来。

吴洁琼被眼前的情景惊呆了。车门打开，刘晓东抱她下车，献上一束粉红色的格桑花，并向她求婚。吴洁琼含泪答应。她被扶上军马，刘晓东一路牵着来到连队。战友们已经为他们布置好了婚房，大红的喜字，彩色的气球，热闹喜庆。次日上午，在连队院子，两人的婚礼正式举行，这一切刘晓东都没有告诉她。她激动地说，从此我会更爱他。

第三天，她收获了又一个惊喜。

走一趟刘晓东巡逻过的路，一直是她最大的心愿。恰巧，连队要到海拔5300米的1号界碑执行巡逻任务。去1号界碑需要坐30多公里的车，然后徒步往上攀登。巡逻车早上9点出发，换上军服的她一路上胸闷、气喘、头晕，出现了严重的高原反应，爬一面崎岖嶙峋的乱石山坡时，不得已躺在石头上。

刘晓东拉着她的手说，现在你明白我们躺在路上就能睡着的原因了吧，完全是累的。

路上歇息时，吴洁琼用藏语为大家唱了一首藏族歌曲《我们好好爱》：风儿吹过圣湖的时候，你牵住了我的手，宽宽的草原我为你停留，从此美丽在我左右……

看着战士们在高原的风雪烈日下变得黝黑粗糙的皮肤、皲裂的虎口、凹陷的指甲，吴洁琼感慨万千。她说，这条路我一生或许只走一次，战士们戍边几年十几年，无论狂风暴雪，天寒地冻，三两天就要走一次。以后我如果生男孩一定要当兵，生女孩要嫁给军人。

说完这句话，自己都吃惊，激动得泪光闪闪。怎么会冒出这句话呢？

好的，听你的。刘晓东轻轻拭去她的泪水。

刘晓东一直拉着她的手，攀登跋涉了 6 个小时，1 号界碑终于展现在眼前。5300 米的海拔是她从来没有到过的高度，也是她从来没有挑战过的生理和心理极限。

临近界碑的路十分险峻，背阴的山坡积雪结成冰，需要工兵锹开路，再一个踩着一个的脚印，一步一步艰难挪移。突然，一名战士不小心滑倒，被紧随其后的吴洁琼紧紧拉住，其他人手忙脚乱地拽起了他。大家在有惊无险中，走过了这片冰雪斜坡。

面对祖国界碑，刘晓东和战友们在鲜艳的五星红旗下庄严宣誓：我是一名边防军人，我会立起边防军人的样子……

吴洁琼被这一场景震撼。她迎着凛冽寒风，走向界碑，右手握拳举起，表达着心声：这一趟巡逻路，让我完成了从一名军嫂到一名真正军嫂的蜕变。我深深地明白，祖国漫长的边防线、广袤的土地需要这样一份安宁。我也宣誓，以后晓东守着边防，我守着晓东。无论在婚礼上，还是在巡逻路上，我说的话都算数。

巡逻回到连队，吴洁琼一直陪伴着刘晓东。后来晓东到军分区当新闻干事，她陪同他到过阿里几乎所有边防连队、多个一线哨所，用饱含深情的镜头和笔触记录下巡逻战士的身影。为了拍摄一张完美的照片，他会在雪地蹲守几个小时，她都陪伴左右。为了拍摄风雪中的哨兵，她也一同前往。有的连队没有女厕所，战士们就站在外面给她放哨。她和远离亲人的战士们聊天拉家常，大家都叫她嫂子。享受到军嫂的最高礼遇，她更体会到边防军人的奉献和伟大。

她的文字功底不错，经常给刘晓东提修改意见。刘晓东的业务水平迅速提升，在中央电视台、新华社、《人民日报》、《解放军报》、《解放军画报》等中央级媒体刊稿1000余篇，多次参与重大典型报道活动。先后荣立三等功2次，被评为“四有”优秀军官2次，多次被评选为新闻舆论先进个人。

6

为什么我的眼里常含泪水

一、匆匆十年情依然

张科是武警第二机动总队某支队的军医，也是“中国武警十大忠诚卫士”之一。在八大警种部队数万名官兵中，能获此殊荣者寥寥无几。说起驾驶员黄帅之死，他的无奈之情溢于言表。他是随队军医，和战友们一样，也出现了头痛脑涨、呕吐等高原反应，只能忍着，不能让战友们看出来，以免动摇军心。还没有到狮泉河镇，黄帅因为长途驾驶，体力严重透支，出现感冒症状，他没有将病情告诉军医。感冒很快引起肺水肿，输液、吸氧，作用都不大，又出现了脑水肿。

张科陪同黄帅乘上卫生车，快速赶到狮泉河镇的医院进行抢救，病情依然没有得到控制。支队领导将黄帅的病情报告给中国武警总部，从兰州军区派来一架黑鹰直升机，要把他和另外两名重病患者接到内地抢救。飞机还没有飞越昆仑山抵达雪山下的狮泉河畔，黄帅就痛苦地闭上

了眼睛。张科眼睁睁地看着战友死去，而自己是一名医生，救死扶伤是他的职责，却没有能力挽救一个鲜活的生命。黄帅才 25 岁，是一位新婚不久的新郎官，妻子刚有身孕。黄帅牺牲以后，按照他的遗愿，将他安葬在新疆叶城烈士陵园。每次下山到叶城，张科都要去看望战友和烈士们。

他经常下牧区、到农区，接触各种各样的病例，分析病情，找出规律，希望在高原病研究上有所突破。他还讲起半个多世纪前进藏英雄先遣连的病症。当年李狄三们全身浮肿、流出黄水，开始总觉得吃不饱，后来不吃东西，肚子也鼓胀难受。按照病情分析，也是高原病，当时还不为人了解，更没有医治条件。

他沉重地说，有愧于不幸离开人世的战友，又毫无办法，这种伤痛只有医生才能理解，还必须得面对。他又讲起另一战友，也是一名年轻战士，为救一位翻车长途货车司机，车厢重物砸伤头部死亡。战士的父母从四川老家千里迢迢赶到阿里。母亲哭得死去活来，战友们都去搀扶，而那位父亲，自从见到儿子的遗体，就没有见他流一滴眼泪。过了很长时间，他才慢慢走到儿子的遗体前，揭开洁白的布单，仔细地看着儿子，然后突然举起右手，向儿子的脸上打去。

一边打，一边狼一般地吼道——你有啥资格死在娘老子前头！

战士们去拉拽父亲，父亲踉踉跄跄向太平间门外走去，刚走到门口，就顺着门框滑了下去。好不容易把父亲抢救过来，父亲的两只眼角，同时挂着两滴黏稠的血珠子。

那血珠黏稠得如同寒冬的蜂蜜，浓酽得化也化不开。40 多岁的父母，一夜之间，仅仅是一夜之间，黑头发全部变成了白头发。

张科一字一句，缓慢地讲述，生怕我听不清楚，需要他重复。

我知道，他是不愿意重复这些话的，万不得已，也不愿意说出这些事。我理解他，就像他理解我一样。

我俩相对而坐，能听见彼此粗重的呼吸，默契一般，没有下文，而是，安静地坐在原处。窗外是辽阔的荒漠戈壁，远处是巍峨的喀喇昆仑

大雪山，在 8 月的阳光下耀眼生辉，只有几只雄鹰在不高不低、不远不近的地方翱翔。

我一直保存着张科的电话。10 年后的 2021 年 3 月 2 日，我与他再次联系，共同感慨青春易逝、高原友谊。他们部队上勤到阿里以后，经过艰苦施工保养，新藏公路全线黑色硬化，通车时间增长，加之阿里到喀什和拉萨飞机通航，医疗器械和药品保障给力，危难病人下山治疗成为可能。

周毅，是张科的战友。2009 年，我作为驴友第一次抵达狮泉河镇，受朋友之托，周毅为我接风。他左边脸颊上有一条一寸长的疤痕，非常显眼，他似乎不在意的样子，开朗健谈。

2006 年左右他担任排长，在加勒万河谷不远处的界山达坂附近修路。界山以山高路险著称。夏季冰雪融化，洪水冲毁了路基，他和战友们连夜抢险。深夜装料的时候，材料刮伤了脸，送到医院缝了六七针。在新藏公路施工点救助遇险者是家常便饭。有的驴友估计第一次上高原，看见雪山就兴奋，刚举起照相机，就倒下了。有的长途司机停车在路边方便，好一阵不见动静，走到跟前，十有八九躺在地上喘粗气，哭不出声。营救是必须的，服药挂吊瓶掐人中，病情特别严重的，协助他们快速下山。

他曾传来一张照片，一位年轻战士穿着作训服，脸色绛紫，嘴唇颜色黑紫，鼻梁脸颊被紫外线灼伤，有些脱皮。白线手套和衣袖油污斑斑，头戴护耳毡帽，专注地开着一辆红色海马 250 拖拉机。身后是一面弧形山体，阳面山坡有一层若有若无的鹅黄色，薄薄的纱幔一样，深浅不一，想必是如米粒大小的浅草吧！阴坡则是皑皑白雪。雪坡最高处，飘着丝丝缕缕洁白的云，再上方是湛蓝的天空和明媚的阳光。他说这个小战友是 2005 年湖北兵，2007 年退伍。这张照片拍摄于 2006 年 6 月至 8 月间。油污的军装让他想起全连官兵 4 个月没有洗过澡的经历。身后的雪山就是六月飘雪的界山，那是一段只有雪山和孤独相伴的日子。

雪山中的边防军人，不仅面临外部势力的威胁，时时得提高警惕，而且还要忍受长年见不到绿树、城镇、亲人的孤独寂寞。修路的周毅们同样如此。他的一名推土机手战友，连续数日与狼为伴。狼在荒原上闲逛，他在驾驶室开车推土，用喷灯煮方便面的时候，狼会慢慢走近，扔给狼一截火腿肠，狼不吃，卧在地上看他。时间一长，他发现狼还能分辨男女，只攻击女人，不攻击男人。旷野中的狼，看似无精打采，眼睛却很明亮，不管从哪个方向，眼睛一直盯着猎物看。狼奔跑起来，尾巴翘起，不跑的时候，夹着尾巴。施工地点转移以后，没有狼陪伴，还时常想起那狼。

有一年夏天，周毅到内地出差，顺便回重庆老家一趟。家人一起吃饭时，他紧挨着奶奶坐，奶奶老捏他的腿，边捏边流泪。他觉得莫名其妙，不知道发生了什么。待他发现大伙儿全穿着短袖汗衫，而自己还穿着绒衣绒裤时，才明白奶奶为什么伤心。

他说作为一名军人，能有边疆工作经历，是光荣和自豪的事。条件虽然艰苦，心中却有阳光。只有奋斗过、奉献过，才能体会到成长的幸福和收获。

二、学舞蹈的边防民警

和侯超的认识说来有些传奇。

好像是2010年8月或者2011年6月，从阿里返回拉萨，要持边防证，我去位于狮泉河镇的武警边防办证。办完证以后，想到后院看稀奇，随意地走进一座楼房，一扇门大开，黑洞洞的枪口对准我，问我干什么。说明来意，枪口转移，才看清巨大的方案上整齐地摆放着长短枪支。一个战士跷着兰花指，一只手孔雀开屏般弯到头顶，一只手将长枪托在胸前。我实在忍不住惊奇，问他，你跳过舞吧？他说，我大学就是舞蹈专业，语调亲和婉转，百灵鸟似的，与雄赳赳的战士形象迥然相异。

侯超是四川广元人，1986年出生，2008年四川音乐学院舞蹈专业毕业，特招到武警西藏边防总队政治部文工团，当了一名舞蹈演员。

我在《阿里 阿里》中记述了与他的这次相遇。2016年我开始用微信，不知道怎么搞的，我俩就成了微信好友。从微信朋友圈中，发现他参加各种排练和演出，辉煌的剧场、热烈的掌声、优美的舞姿，或军装，或藏装，还有他的男女演员同伴。更多的是他在连队和村镇演出，使我体会到生命的韵律、青春的美好，汉藏民族之间的真情厚谊。

忽一日，他在朋友圈晒出了几盘菜和米饭。菜有红辣椒炒土豆丝、西红柿炒鸡蛋、虎皮青椒、水煮紫皮茄子，外加一碗红辣椒大蒜油碗。我留言问他哪里来的菜？他说是从拉萨运到狮泉河镇，再从狮泉河镇运到札达县城，又从县城运到乡上，再找修路公司师傅带来的。我说你这

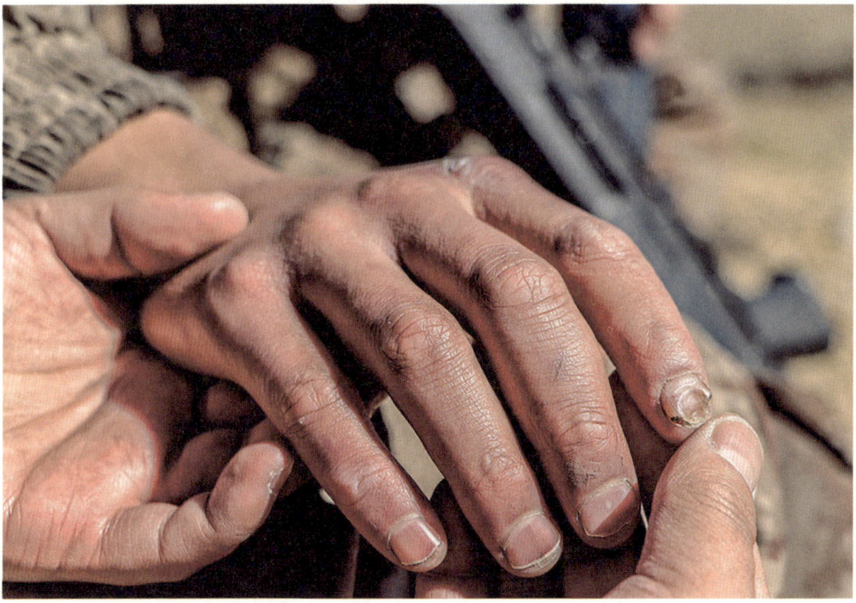

一盘菜行程 2000 公里，最起码周折四五天时间，你在哪里？

他说，在楚鲁松杰。

我倒吸一口凉气，脑海里闪现着楚鲁松杰的各种传说。一次我在北京，告诉一位老西藏，说自己想去一次楚鲁松杰。那人睁大眼睛望了我好一会儿，我被看得不好意思，他才说，你要是能去那里太难得了。中央党校徐平教授是费孝通的弟子，是社会学、民族学专家。他讲起楚鲁松杰，口吐莲花滔滔不绝。1999 年他骑马徒步，翻山越岭去那里做民俗调研，说起豌豆苗、青稞、油菜、房顶开天窗的房舍，让人神往。

在札达县城，一位教育局的干部对我说，每年都有邻国商人驮着手表、大米、咖啡、蜡烛等日用品，到楚鲁松杰进行物物交换，换走酥油、奶渣、青稞、皮子等。当地百姓对外面的世界非常向往，学习改变命运的信念异常坚定，很重视对孩子的教育。村里的小学只有一、二年级，高年级学生送到镇上或县城读书，家长呼吁教育局派去公办教师。一位男教师自告奋勇，头一年夏天进去，第二年夏天回到县城，蓬头垢面、言语木讷，发誓再也不去那里。几位楚鲁松杰考出来的初中女生对我说，她们一年回一次家，骑马遇上暴风雪，瑟瑟发抖无处躲藏，三四天的路途总要备上干肉糌粑。一个女孩初中考到内地西藏班，从初中到大学毕业，只回过两次家。一位女生告诉我，她家离边境非常近，羊子有时候跑到邻国，村里老人给那边的军人说一声，就赶回羊子。一匹狼，今天在咱们这边游荡，明天就可能出国了。

科班舞蹈生去楚鲁松杰干什么呢？惊愕之后，立即追问，什么情况？

他说 2019 年，根据党中央跨军地改革方案要求，公安边防部队不再列武警部队序列，全部退出现役。公安边防部队转到地方后，成建制划归公安机关，并结合新组建国家移民管理局进行适当调整整合。现役编制全部转为人民警察编制。改革后，不再保留文工团，全团人员分流至一线基层单位。有的转业回到家乡，他选择留下，来到楚鲁松杰这个边境乡，任基层民警，继续戍边生涯。

从那一刻起，心中涌起无限牵挂，也格外敬重，不但关注他的朋友圈，逢年过节也会问候一声。他说楚鲁松杰海拔 3900 米左右，位于喜马拉雅山脉南坡，要进到这里，得翻越 5700 米的雪山，进来了不想出去，出去了不想进来。周边只有 100 多人，每年 11 月到次年 5 月大雪封山。2020 年道路做了硬化，通车时间长了一些。原本一个人一间宿舍，太冷了，现在三四个人挤在有焦炭炉子的宿舍里。

2021 年 3 月，他本可以调剂读研，但最终放弃了。我为他惋惜，他说谁都知道楚鲁松杰远，他不来，其他人就得来，总得有人守在这里吧！

渐渐地，我走近他，见证了一位文艺兵十多年的成长。

他说，文工团最主要的任务就是节目创作排演和赴基层所、站、队慰问演出，场地不限，有时候在连队，有时候在村庄，给基层官兵和老百姓送去精神食粮。从藏东南林芝察隅到藏西阿里多玛，从原始密林到海拔 5000 多米的普玛江塘，从雪域第一哨到地震后的国门聂拉木，都留下了他们的优美舞姿、嘹亮军歌。基层演出锤炼着文工团团员的意志，丰富了他们的从军从艺生涯，一批批脍炙人口的文艺作品就此诞生，如戏剧小品《水之缘》《转移》，舞蹈《幸福大家园》，歌曲《美丽重生》，民乐《喜嫁》等等。每次演出，他除了担任演员，还负责全体演职人员的伙食、住宿、车辆油料保障，大伙吃什么，晚上住哪儿，在哪里加油，车坏路上怎么办，人员生病如何医治，等等，他都得操心。2014 年初春，慰问冈仁波齐下的塔尔钦一线，冰雪还没有完全融化，寒风刺骨，野外的戈壁滩上，临时铺设的地毯就是演员的舞台。虽然没有斑斓夺目的灯光，但他们丝毫不能懈怠，因为观众是战友，是兄弟，是为伟大祖国站

岗放哨的人，是饱受寒冷、顽强生活的农牧民。而且，演出规格不能降，全体演员必须化妆换装。演员们穿着单薄的演出服，在凹凸不平的舞台上饱含深情地演出。有人崴脚扭伤，有人感冒发烧，有人高反呕吐，但却凭借过硬的政治素质和高超的专业技能，圆满地完成了演出任务。现役期间，他入党并荣立过 3 次三等功。聚是一团火，散是满天星。文工团没有了，战友情却无处不在，文艺种子四处开花。

侯超向我坦言，边关的风雪他不怕，最令他伤心的是子欲养而亲不待。

2012 年春，也是他当兵的第四个年头，正下乡到中印边境班公湖畔，接到母亲打来的电话。母亲颤抖的声音让他感到不妙，在他的催问下，母亲说父亲胃痛了一段时间，去医院检查，医生说是很难治的病，需要花很多钱。他问是不是癌症，母亲抽泣着说，是的。他生平第一次感到晴天霹雳，但他此时能做的只有安慰母亲。

后来父亲去成都的肿瘤医院治疗。部队执勤任务繁重，侯超回不了家。老兵复退后，阿里已经飘雪，组织才批准他休假。推开家门的那一刻，父亲消瘦的身体、苍白的脸庞、稀疏的头发，揪得他心痛。他强装笑脸，

陪伴左右。父亲再一次住院，还没有安顿好，外婆又中风被送往医院。那个冬季，他每天都奔波在家与医院之间。川北的冬天像自己的心情，寒冷而绝望。

春节前两天，外婆和父亲相继离世。除夕夜，远处鞭炮齐鸣，近处歌舞升平，家家户户庆团圆，他则披麻戴孝，四处下跪报丧。

人生多遗憾，忠孝难两全，何况是守边人。

7

格桑花盛开在玉麦河谷

一、玉麦在哪里

金色的油菜花和葱郁的青稞将拉萨河谷渲染得愈加鲜亮，西藏和平解放纪念碑与千年左旋柳咫尺相望，白鸽蹁跹在祥和欢乐间，雄鹰越过巍峨的布达拉宫，向茫茫雪原翱翔。玉麦，您在哪里？伴随着雅鲁藏布江的涛声、东山顶上的暖阳，我向着万水之源、千山之祖的喜马拉雅群山挺进。

隆子县政府办公室的一份通告，把我堵在了追寻玉麦的迤逦峡谷：“因扎日乡曲桑村至玉麦乡施工路段降水量大，洪水、泥石流、山体滑坡等自然灾害频发，沿线路段多处坍塌，安全隐患极大，建议广大干部群众及各级工作组近期暂停前往玉麦方向。2019 年 7 月 8 日。”

迫于无奈，我只能一次次向周边的人们打听。

拉萨百货商店的四位年轻女店员抢着说：卓嘎、央宗，她们是卖什么的？是不是买了很多羊，拉到山上放生了？

我知道，她们是“三人乡”的，现在公路修通了，房子建好了，村民非常富裕。

我是山南的，听说有人动员农牧民往玉麦迁，还是没有人去。

30 多岁的汉族三轮车夫说：我是甘肃人，来西藏两年了，听说习近平总书记给两位藏族牧民回信了，很了不起。

大昭寺一位能用汉、藏、英三种语言讲解的僧人说：藏族老百姓非常纯朴。他们的理念就是守好自己的家园，看好家园就是守好了边疆。

一位老人说：1972 年她随老公从广东汕头老家来援藏，在拉萨卖了 26 年牦牛酸奶，经见过许多感人的事，自从知道“三人乡”以后，就不敢说自己卖的酸奶是青藏高原最好的，卓嘎和央宗在那么宽敞的山上放牧，酸奶肯定更纯正。

泽仁拉姆是西藏电视台资深记者，在中宣部授予卓嘎、央宗“时代

楷模”发布现场，由她担任现场翻译。她说，1998 年她在中央民族大学读书期间，第一次知道“三人乡”——爸爸是乡长，姐姐后来接班，妹妹是副乡长兼妇女主任。世界上还有这么好玩的事！从此幻想见到这家人。2017 年 10 月至 2019 年，她先后三次前往采访。

拉萨到玉麦 600 多公里，在广袤的青藏高原不算遥远。从隆子县城到玉麦 190 多公里，越野车整整开了两天。公路一侧是悬崖，一侧是高山，随时都有大小石头落下，还会发生雪崩，有一次差点翻车。同行的年轻摄像师感慨道，相比行走这样的路，凌晨三四点在办公室加班是多么幸福啊！

这是泽仁拉姆 21 年记者生涯中最难走的路，也是最美丽、最潮湿的地方。玉麦地处喜马拉雅山脉南麓。受印度洋暖湿气流影响，动植物垂直分布明显，杜鹃花从南开到北，山下是花的海洋，山上只长枝干不开花。原始森林遮天蔽日，松萝随风飘扬。这里只有两个季节，半年雪半年雨，一年 260 多天的雨雪使得这里云雾缭绕，青稞只长苗不结穗，土豆只有拇指大，水草太丰美，羊蹄子会泡坏，所以牧民只养牦牛和犏牛。痛风、关节炎是常见病，卓嘎的右手大拇指砸拴牛桩时受过伤，其他指关节也变形了。玉麦乡只辖一个村，也算全国唯一，从村头到村尾只有 1261 步，全乡 9 户 32 人就生活在这里。

2018 年 6 月至 10 月，《西藏日报》的唐大山和向世宁在玉麦乡定点深入生活。编辑唐大山到了隆子县城却找不到前往玉麦的车。底盘低的小汽车无法进入，只好花 3100 元包了一辆卡车。从头一天傍晚 6 点开到次日凌晨 5 点，在离玉麦一个小时车程的地方，还是被堵在了路上。摄影师向世宁从县城出发，也是赶了一天一夜才到达。在蒙蒙细雨中，他被一行字震撼，手握方向盘，久久凝视——“家是玉麦，国是中国，祖国的土地一寸也不能少”。后来他沿着桑杰曲巴老人的足迹去巡山却迷了路，在夜雨中背靠盘根错节的杜鹃树干，一直站立到天明。为了让同伴找到自己，他把红色短裤撕成细条沿路拴在树枝上，3 天以后他被同伴找到。

我一遍遍地询问被访者，中国 4.4 万多个乡镇，玉麦是人口最少的建制乡，在西藏近 4000 公里的国境线上，边境乡共有 104 个，只有玉麦成为全国典型，卓嘎央宗姐妹是首位获得“时代楷模”称号的藏族人，是偶然还是必然？大家异口同声地告诉我，必然，绝对是必然。

2019 年 7 月 9 日，雨后的拉萨格外清爽，我不但见到了卓嘎和央宗，还与卓嘎的两个女儿进行了交流，玉麦的神秘面纱终于被揭开。在摇曳的藏柏杨里，我渐次进入那方圣洁之地。

二、国旗的力量

1959 年的日拉山冰雪还没有融化，绿绒蒿、点地梅还没有绽放，山外便传来一个可怕的消息，“红汉人要来了，他们要吃人肉、喝人血”。几十户人家 300 多口人的玉麦村，顿时笼罩在不安和恐惧之中。当时，村民不仅要为地方政府服乌拉差役，为官家转山提供食宿，每年藏历新年过后，一部分人还要翻过雪山，到山外讨生活，直到大雪封山前，才回到群山环抱的玉麦，为的是给留下来放牧的家人，省下一点口粮。传言中有人赶着牛群，绕过松赞干布修行洞，三步一回头，被裹胁去了邻国，有的干脆搬到雪山之外。拉杰老人不为所动，服乌拉差役时，与一个有着汉族血统的人成为朋友。他对儿子桑杰曲巴说，为什么要跟对我们不好的人跑呢？

玉麦的春天是从 5 月开始的，风姿各异的瀑布清脆嘹亮，白唇鹿和藏马鸡在林间散步，民主改革工作组来到绿雾一般的河谷，讲山外的变

化，教他们识字，建议桑杰曲巴担任乡长。他不明白乡长是什么。工作组告诉他，乡长是为全乡人办事的，同时强调，乡长责任重大，国土得由乡长带着牧民一起守护。他问，国土是啥？对方说，就是生活的这片土地，这是我们的家，哪一座雪山牧场都不能丢失。从此，正值壮年的他记住了国土就是家园。这一年，玉麦乡人民政府第一任乡长桑杰曲巴，就这样站立在森林与雪山之间。

1962 年秋天层林尽染之时，忍无可忍的中国军队进行反击，玉麦乡被推向反蚕食战争的前沿。作为一乡之长的桑杰曲巴，除了运送弹药，还担任翻译。他会藏文，懂简单的普通话，熟悉这里的地形，在一定程度上掌握外军出没的规律，有助于解放军痛击来犯之敌。在战争中，他第一次看见五星红旗和八一军旗，发现只要这两面旗子插到哪里，对方就不敢靠近。指战员告诉他，五星红旗是国家的象征，国旗插到哪里，哪里就是祖国的土地。

生活像雪线下的湖泊，又恢复了平静。日拉山的冬天冰雪能淹没牦牛脊背。每年大雪封山之前，玉麦人都要花上 10 多天时间，翻越两座海拔 5000 米以上的雪山，跨过陡峭的山谷，穿越沼泽森林，把羊毛、酥油、奶渣、竹编运出去，换回生活必需的青稞、盐巴、土豆、砖茶、火柴。这些物资要保障到来年铃铛花开满山坡、道路可行之时。整个冬季没有特殊情况，山外的人进不来，玉麦人出不去。为了方便生活，政府在日拉山另一侧的曲桑村，给玉麦人盖起新房，分了粮食和牲畜，桑杰曲巴一家也搬了过去。曲桑村的生活虽然惬意，但他心中不安。毛主席让他翻了身，当上乡长，可他连家都没有守住。三个月后，他又赶着牛群，返回玉麦。通往小屋的路已经被绿草覆盖，家里的东西被邻国人拿走了。他对家人说，只有人在，这块土地才能守得住。一家人在与世隔绝的莽莽群山中迎雪送雨，五个孩子在放牧和砍柴中一天天长大。老大和老小是男孩，卓嘎和央宗分别出生于 1961 年和 1963 年。几个孩子都跟阿爸巡过山、劈过柴、放过牧。藏族人婚后有住在女方家的习俗，长子贡觉扎西结婚以后离开玉麦，和妻子住在山外的曲桑村。

松涛阵阵的一个夏天，直升机从南而来，打破了山谷的宁静，一群荷枪实弹的邻国军人，把国旗插在了 5000 多米高的山头上，牧民进出玉麦河谷砍伐竹子，都要接受盘查。桑杰曲巴被惹怒了，他花了整整两天时间，爬上雪山拔下旗子，并到设卡点抗议："我的爷爷曾在这里放牧，我的阿爸曾在这里放牧，我们也在这里放牧，这是我们祖祖辈辈生活的地方。"

对方没有理会他，还威胁要杀掉他的牲畜。安顿好妻子和年幼的孩子，他独自一人翻过山岗，避开雪豹和老虎，踉跄着赶到扎日区，平时 7 天的路程 4 天就赶到了。他全身湿透，手上脸上都是被石头树枝划破的口子。信，终于送到了，解放军来了，邻国军人悻悻溜走。这件事使

他明白，祖国是他的内在力量，解放军是他的现实依靠。不久之后，他把家从半山腰的玉碓搬到了谷底的玉麦，向南推进了 5 公里。

他没有忘记孩子们需要读书，就把《毛主席语录》当教科书，教会孩子们 30 个藏文字母，讲格萨尔王除暴安良、好人有好报的故事。把开会发的文件念给孩子们听，将三张毛主席彩色画像贴在屋子最显眼的位置，告诉孩子们这是我们的大救星。卓嘎至今还记得语录里的一些话。

独自一家住在大山深处，见不到国旗，心里没有底气。到哪里能找到呢？县城只有三四家商店，桑杰曲巴全都问遍了，都没有。他焦虑地在街上来回踱步，猛一抬头，看到县委大院五星红旗迎风招展，他停住了脚步。国旗是布做的，就两种颜色，会剪五角星就可以。孩子们见阿爸回来，以为鼓鼓囊囊的包里是好吃的糖果和缝衣服的布料，围着火塘跑来跑去，阿爸则剪了一大四小五颗黄色星星，将星星缝在红布上。阿爸严肃地说，这是中国最宝贵的东西，是我们的国旗。卓嘎和央宗第一次见到了五星红旗，懵懂地懂得了国旗的重要性。

那天，五星红旗飘扬在屋顶上。他一共缝过四面国旗。去山外开会，领导问有没有要解决的困难，他就得到了很多国旗，不但插在近处的放牧点上，还插在高高的山头，拴在路边的高山松上。看着比朝霞还要夺目的旗帜，桑杰曲巴感到了从未有过的力量。

三、放牧就是卫国

1978 年的冬天，寒风刺骨，屋檐下的冰笋越来越长。阿妈拉肚子已经一个多月了，羸瘦的阿爸和大哥把阿妈抱上牦牛，还没有翻过日拉雪山，阿妈就停止了呼吸。40 年以后的 2018 年，花甲之年的贡觉扎西说起此事的时候，哭得像个孩子，不停地责备自己，如果不打那个盹，一口气把阿妈背到卫生所，阿妈就不会死。没有了女主人的家，火塘不热了，糌粑不香了，可日子还得往前过。

山谷的毛竹更繁密，红豆杉更加挺拔，15 岁的小妹跟着阿爸去山外换粮食。风雪后的日拉山云遮雾罩，当找到小妹的时候，她的半个身子埋在雪里，背上的青稞袋子也已僵硬。多年以后的 1996 年，邮递员白玛坚参一家迁到玉麦，妻子那贡的小妹妹卓玛拉宗只有十几岁，经常看见桑杰曲巴老人盯着她看，嘴里却念叨着另一个女孩的名字。

失去了两个亲人的阿爸苍老了许多，同时也在思考着一个问题：要在深山扎根，就得有医生。另外还有一个愿望：公路修到玉麦。聪明好学的小儿子嘎尔琼被送到山外读书。他没有辜负阿爸的厚望，后来成为山南市藏医院的医生。空阔的玉麦林莽只剩下花季少女卓嘎、央宗和并不高大的阿爸。山外人把他们称为“三人乡”，乡政府就设在家里。

年轻的姑娘太寂寞了，除过放牧挤奶，就是看雨雪更迭、彩虹变换，采摘比星星还要繁盛的报春花。一人抱不住的木灵芝随处可见，狼、黑熊、岩羊不期而遇，有时候还会看到境外猎人，如果走得远一些，还可能遇到巡逻的邻国士兵。每年转场两次，冬牧场转到夏牧场，夏牧场转到冬牧场。有的牛倔强不好赶，有的钻进森林，有的掉进石头缝隙，有的陷进沼泽深处，姐妹俩就得费力找回，还会把拌有盐巴的青稞粉喂进牛嘴里，算是奖励给牛的零食。产羔的时候一家人会格外忙碌，有时候羔子会被豺吃掉。没有袜子穿，靴子里垫上干草。酷寒之时，除了紧挨火塘，只能靠不停劳作增加体温。没有熟悉的面孔，更没有说知心话的异性，只能跟牛说话。根据牛的毛色和犄角不同，给牛取各种各样的名字，有的叫昂珠（白色小鸭子），有的叫邦金（卓坪上生的），有的叫查果（黑白色），有的还取上亲近人的名字，高兴的时候，会和牦牛额头抵额头。

阿爸巡山或者外出开会换粮食的时候，猎犬“支莫”和藏獒“雷索”是她们仅有的伙伴。一旦伙伴们狂吠，两人就特别害怕，盼望阿爸赶快回家。欲哭无泪的时候，她们对阿爸说，搬出去吧，搬出去就能看见人了，就有人说话了。阿爸说，这是国家的土地，常去山上转一转，看见我们的牦牛，他们就不敢来了。央宗说，国家的土地让国家的人来守吧。阿爸说，我们就是国家的人啊！如果我们走了，这块国土上就没有人了。

20 世纪 80 年代，白玛坚参成为定期进出玉麦的邮递员。当他翻山越岭把邮件送到玉麦时，阿爸总会闪烁着欣喜的目光，迫不及待地展开报纸，一篇篇读下去，重要新闻还要给孩子们诵读。姐妹俩逐渐懂得了放牧就是巡逻，牦牛也是战士，在边疆放牧就是守护国土、保卫国家。牦牛和犏牛已经多达 100 多头，今天把牛赶到这座山上，明天赶到另一座山上，冬季会特意赶到南面的山谷里，实在跑得远的，任其游走在山峦草甸。

日子再苦，定期巡山仍是阿爸雷打不动的工作。一袋熟土豆、一

把开山刀，就是巡山的全部装备。白天，用刀劈开密不透风的荆棘和灌木，在青苔泥泞的林间冒雨穿行。夜晚，在石缝树洞里躲避野兽。饿了吃点土豆，渴了掬一捧溪水，累了靠在黄木下休息。每次巡山前，阿爸总要叮嘱姐妹俩，两天就能回来，如果第三天还没回来，赶紧出山到曲桑报信。一路上，他检查自己以前楔下的木桩、挂上的国旗和刻下的文字是否正常。木桩若被拔掉，他便重新楔上。国旗破损或者不见了，再次挂上。一株两人抱不住的高山松上，他用刀子刻上藏文“中国”。不久被涂改，并刻上邻国的英文国名。他接着再改回来。涂来改去，那棵树倾斜，只好在附近的树上继续刻标记。姐妹俩也会去巡山。看见自家牦牛的蹄印、踩着自家的牛粪、闻到熟悉的菌菇清香，她们感到无比踏实和亲切。

1988 年，卓嘎接替父亲当了乡长，央宗担任副乡长兼妇女主任，两人都加入了中国共产党。体力大不如前的阿爸也为女儿的婚事操心。玉麦是扎日神山转山道出口，每年都有转山人经过，格桑花般的卓嘎和央宗自然会引起年轻男子的青睐。但如果女儿嫁到山外，谁来放牧巡逻？谁来守家护土？热烈的眼神最终抵不过冰雪现实。1997 年，新华社首次对我国人口最少的玉麦乡进行报道，一家人放牧守边的事迹传遍了大江南北，姐妹俩收到了七麻袋求爱信，但这并没有改变她们的现状。身材高挑、活泼开朗的央宗 27 岁结婚，丈夫在日拉山外工作，央宗和儿子索朗顿珠，依然生活在玉麦。几年后丈夫因车祸去世，后来她与一位会干木活的牧民结婚，男方带来一个女儿。

一位叫巴桑的青年来到玉麦。憨厚的巴桑不但是放牧的好手，还赢得了卓嘎的芳心。腼腆的卓嘎 35 岁时与他结婚，三个女儿相继出生。卓嘎、央宗与巴桑一起，巩固了阿爸的巡山路线，把牦牛赶得更远。

四、格桑花盛开

1994 年，西藏自治区组织相关部门，对玉麦乡的居住条件和配套设施进行考察调研，精心选择了新的乡址，提出了扩建方案。搬到新的乡址以后，一家人的生活条件得到改善。1996 年，玉麦乡迎来了第一位党支部书记。邮递员白玛坚参和另外一家人搬进了玉麦，妻子那贡的两个妹妹陆续成家，玉麦乡终于结束了 34 年只有一家人的历史。桑杰曲巴在有生之年看到玉麦河谷人口增加，放牧巡山的人越来越多，心情格外轻松。

20 世纪 90 年代末，靠人背马驮，在家门口装上了太阳能发电设备和电视接收器，灯泡可以微弱地亮上几个小时，如果阳光充足，还能看上一两个小时电视。老人经常得意地说，电视上的国家领导人如果来玉麦，他一定能认出来。2001 年 9 月，阿爸最大的心愿实现了，通往山外的公路修通了。当第一辆汽车开进来的时候，阿爸给这个“铁牦牛”献上了哈达。沿着这条公路，去了一次向往已久的拉萨。乡长卓嘎沿着这条公路，去了一趟毛主席的故乡。这年冬天，77 岁的阿爸在大雪纷飞中，安详地离开了坚守一生的故土。临终前把全乡人叫到床前，对大家说，不要因为玉麦苦就离开，这是祖辈生活的地方，是国家的土地，一定要看守好。

2011 年新的乡政府成立，卓嘎、央宗姐妹分别从乡领导岗位上退下来，边防派出所进驻玉麦，军警民共同守边固土成为现实。

公路彻底改变了玉麦人的生活，全乡 9 户人家有 7 辆汽车，边民补贴、生态补偿和草场补助等政策性收入水涨船高，每户一年能拿到 4 万多元，成为全县唯一没有贫困户的乡。4 户人家开起了餐馆和家庭旅馆，村民自制的竹器、鸡心藤手镯、奶渣成了抢手货。家家户户都有网络，不论给孩子寄零花钱还是在商店买东西，都用微信支付。

从电视上看到习近平总书记经常深入基层访贫问苦，卓嘎和央宗抑制不住内心的激动，她们萌生了把家乡变化汇报给总书记的想法，便给总书记写了一封信。让全村人惊喜的是，党的十九大闭幕后的第五天，总书记就回信了。这一天是2017年10月29日。平日里雨雪不停的玉麦，这天金色的阳光洒满山谷。回信中说，“看了来信，我很感动。”“希望你们继续传承爱国守边的精神，带动更多牧民群众像格桑花一样扎根在雪域边陲，做神圣国土的守护者、幸福家园的建设者。”喜讯传来，左邻右舍奔走相告。卓嘎哽咽地说，要是阿爸能看到回信该多好啊！

姐妹俩获得中央电视台主办的2017年度“感动中国人物”的殊荣，2018年被中宣部授予“时代楷模”称号，以表彰半个多世纪一家几代人，抵边放牧、以牧带巡，秉承家是玉麦、国是中国、放牧守边是职责，谱写了爱国守边的动人故事和时代赞歌。3000多平方公里的玉麦，这个高原孤岛，以家的名义，永远留在中华人民共和国的版图上。卓嘎还获得2019年度全国“三八红旗手标兵”称号。2021年6月，中共中央授予卓嘎“七一勋章”。

令卓嘎和央宗欣慰的是，没有上过一天学的她们，孩子们都在山外读书。索朗顿珠是玉麦的第一个大学生，2018年从西藏大学毕业，在成都找了一份收入不菲的高山滑雪教练工作。阿妈央宗给他打电话说，难道你忘了波啦（爷爷）的话了吗？他立即回西藏参加公务员考试，成为玉麦乡政府一名工作人员。小伙子深情地告诉记者，波啦是他人生道路上的启蒙老师，小时候跟着波啦一起放牧巡山，波啦总给他买玩具枪，更多的是刀削的竹子枪和木枪。有一次放牧点太冷，波啦取下牦牛鞍子下的护垫裹住他。作为第三代玉麦人，他会继承波啦遗愿，守好边疆，建设家乡。

2019年7月9日，卓嘎的大女儿巴桑卓嘎对我说，一、二年级在本村读书，一个老师教五个学生，三年级到曲桑村就读，路上要走两天时间，如果请摩托车接送，单程就要300元。读书实行三包，尽管不交学费，路费还是不小的开支。她不安心学习，从学校跑了出来，抱住桥栏杆不放。阿妈给她说了许多好话，还给她书包里塞零花钱，姨妈央宗给得最多，好像是50元，回教室时正上数学课，从书包拿书的时候，抖出好多钱。也是三年级的时候，她第一次去山南嘎尔琼阿舅家玩，惊奇的发现有三层楼房，还看见花草长在菱形的花园里，她兴奋得在楼梯上滑来滑去。家乡虽然鲜花开满山谷，家乡的树木几个人围不住，但家乡也有伤心事。她和妹妹经常为赶不好牛趴在山坡上哭，最小的妹妹因为实在掏不出路费差点辍学，最后还是阿妈卓嘎坚持把她送到学校。

巴桑卓嘎说，自己的名字是父母名字的组合。她刚从南昌工学院毕业，马上要去一个乡实习，希望能回玉麦工作。二女儿生下来的时候，让五岁的表哥取名字，索朗顿珠一口叫出其米卓嘎，意思是长命百岁。其米卓嘎一低头羞涩地对我说，自己还在淮北职业技术学院读护理专业，以后想跟家人在一起，在家门口的卫生院上班更好，最小的妹妹还在山南读高中。

“西藏山南玉麦线”2018年2月被国家旅游局、国务院扶贫办列入“西部行”十大自驾游精品线路。用电并入大电网，告别了小水电历史。在湖南省对口援建支持下，玉麦边境小康示范村已经建成，机关、学校、卫生院一应俱全。房屋为保温防潮、能抵御八级地震的农家别墅。2019年4月，47户人家迁入玉麦，总户数已达到56户。56户人家，如同格桑花一般，盛开在玉麦河谷，盛开在高高的喜马拉雅山脉南麓，盛开在祖国960万平方公里的西南一隅，共同建设和谐安宁的绿色边疆，谱写守边固土的新篇章。

8

阿觉仁增

一、走进仁增

当我接到《中国作家》杂志资深编辑商晓倩电话的时候，正斜倚在海南三亚入海口的观景平台上，目不转睛地看一条鱼起飞，另一条鱼又起飞。起飞的时候绽放成剑兰，落下的时候溅起喇叭花，两种花盛开时发出不一样的响声，但都同样清脆可人，生怕近处的我和远处的轮船不知道一般，此起彼伏，争奇斗艳。成群的海鸥或展翅翱翔，或收回羽翼，静静地站立浅处，将长长的脖颈伸进水里，眨眼间，仰起脖子，嘴里的小鱼欢腾挣扎，飞珠撒玉。

这一天，是 2017 年 3 月的一个清晨。

还没等晓倩说话，我就说，噢呦，一条鱼又跳起来了，足有一拃长呢！哎呀，又跳起了一条。

自然是嬉笑几句。然后她说，请你到西藏采风。我连想都没想，连声说，好呀！好呀！没有问题，天啊！两条鱼同时飞起来了……

挂了电话，我还盯着水面看会飞的鱼和会唱歌的海鸥，看由它们生发的朵朵浪花。兵阵一般的海浪奔腾而来，惊得我注目远眺，几艘舰艇破浪而去。前方，是蔚蓝的海洋，无边无际，深广莫测。

哦，这里是南海，祖国疆域最深邃的地方，浩瀚如烟，蓝得醉人。

西藏蓝，这不正是西藏蓝吗？西藏的天空与大海有着同样的颜色、同样的神秘和遥远。

我要去西藏，马上要去西藏了！要从眼前的海疆去往边陲陆疆，从零海拔抵达世界上海拔最高的地区、地球第三极。忽然间，我似乎意识到了什么，下意识地摸了摸柔曼长裙，将目光投向身后的葱茏。

长久地、默默地，我注视着每一种妖娆、每一缕海风拂过树木和花草的样子，还有艳红的木棉、缥缈的榕树、紫色的三角梅、盘根错节的红树林、伟岸的椰树和摇曳的芒果、莲雾。

我记住了这些，这些在南国大地随处可见的植物，在另一个地方却是稀世珍品，甚至被当作神话和传说。因为有人从出生到耄耋老去，世世代代生活在风吹石头跑、氧气吃不饱、四季穿棉袄的地方，不知道树长什么样子，花开什么颜色。那里，就是我们的雪域边疆，普通人需要仰望和敬畏的苍穹之地——西藏。

到了西藏，真的是脱了短衫穿冬装。5 月的拉萨生机盎然，红柳刚刚舒展叶片，阳光从东山顶上飞流直下，照耀得布达拉宫辉煌璀璨。

不愧是太阳城啊！强烈的紫外线刺激得人脸庞灼痛。宽宽的帽檐下，眼睛如同初恋的姑娘，躲躲闪闪，羞怯腼腆。一只眼睛睁开，一只眼睛闭上，还是看见了拉萨河岸边的山峦，光裸的山头尚有积雪，在阳光下闪着温良的色彩。

这个时候，我才知道将要采访的对象是一位基层农牧民优秀共产党员，名字叫仁增，1979 年生人。

心中立即升腾起喜悦。太好啦！这个年龄段的藏族人，无论是政府官员，还是普通农牧民，只要读过书上过学，多少都能用汉语交流，何况还是一位村党支部副书记兼组长，说不定还能从他那里了解到不少风土民情呢！

我用急切的眼神望着会议桌对面的张连波。他是山南市琼结县委宣传部部长。他继续介绍，仁增同志于 2015 年 12 月 18 日晚 7 时左右，为了抢救跳江自杀的村民曲吉，跳入冰冷刺骨的雅鲁藏布江，不幸被卷入漩涡。在生命的最后一刻，他用力将曲吉推出水面。曲吉得救了，他却牺牲了。所有村民为他点起酥油灯，煨上桑烟。仁增同志生前获得过琼结县多项荣誉，牺牲后被评为“山南好人”，荣登“中国好人榜”，《人民日报》对他的事迹也有报道。

听到这里，喜悦早已烟消云散，愕然随之袭上心头，然后是强烈的不知所措。

为什么？为什么如此年轻的生命戛然而止？亲近的人为亡者燃起酥油灯，照亮通往天堂的路，这种仪式在全民信教的藏族人心中庄严而神圣，而全村人为他祈福护佑，实属罕见。

这个人一定有非凡之举。只是太可惜了，怎么就牺牲了呢？

12月18日，这是青藏高原滴水成冰的日子，更何况还是雅鲁藏布江，这位藏族汉子，回归西藏人民的母亲河，那一刻，需要多大的勇气。那一刻，除了寒冷还是寒冷吧！

想到这里，身子不由抖了一下，裹了裹碎花棉袄，望向窗外。高高的藏柏杨哗啦啦响，一只小鸟蹁跹而去。它是要去哪里？飞向拉萨河还是雅鲁藏布江？或者直接飞往强吉村。那是仁增生活工作的地方，他一生一世的家乡。

仁增就这般进入我的心房，强吉村成为我向往的地方。

泽当镇，是山南市市政府所在地，位于雅砻河与雅鲁藏布江交汇处。泽当镇到琼结县城半个多小时车程。琼结县三面环山，位于喜马拉雅山脉北坡，面积约1030平方公里，人口不到2万人。在住琼结县城还是强吉村这件事上，县委宣传部副部长达瓦曲珍和我意见不一致，她和县网信办主任普珍建议我白天在村里采访，晚上接我到县城住宾馆，县城离村子只有12公里，不但能上网还可以洗热水澡。尽管热水对我极具诱惑力，我还是对她俩说，就住村里吧，随便哪家都行，或者干脆就住在仁增家里。

达瓦曲珍说，仁增家正在盖房子。别人家盖房子只有几十个人帮忙，他们家盖房子全村人都来了，自带工具，义务帮忙。

我哦了一声，心里嘀咕，义务帮忙，天下真有这等好事吗？

出县城的时候，他们去了一趟超市，大包小包装进后备厢。行驶途中，达瓦曲珍指着琼结河对面的山坡对我说，那里就是吐蕃王朝时期的藏王墓群，赤松德赞记功碑也在附近。然后她说琼结全县三乡一镇，强吉村属于拉玉乡，下辖 3 个自然村，现有 186 户 764 人，其中三组 53 户 208 人。三组地处海拔 3800 米左右，是强吉村三个小组中最贫困的组，不仅资源匮乏，也是自然灾害高发区。仁增 1998 年入党，2000 年任强吉村会计，2008 年至牺牲前担任强吉村党支部副书记、三组组长，算是年轻的老党员。

我惊讶地问她，你怎么对仁增这样了解？她说自己 2013 年 11 月驻村，并担任队长，有幸与阿觉仁增共事一年时间，经历了许多事情，对他非常敬重。

我说他有两个名字吗？也叫阿觉仁增？她笑着说，阿觉是哥哥的意思，是琼结当地方言，有尊重和信任的意思，村里许多人都这么叫他，仁增在藏语中是智者的意思。

说话的当口儿，车便停在了藏柏杨掩映的村庄。这里原来还有树木，不错的地方嘛！

路边高处挂着一个牌子，上面标有两个箭头，一个是强吉村，一个是强钦庄园。

二、仁增家事

仁增的妻子洛桑群宗在青稞地里灌水，青稞十几厘米的样子，在荒凉的高山谷地如同绿色的宝石，走近时顺手把达瓦曲珍给我的一个苹果、一个鸭梨递给她。她宽大的高筒雨鞋最先吸引我，说不定这是仁增的雨鞋呢，或许她以前就不下地干活吧。

我这样想着，就地坐了下来。几米开外的地方有一丛红景天，红白相间的花朵开得正艳，脚边有三块明显被烟熏过的黑石头。我说你们午饭在这里烧茶喝呀？

洛桑群宗取下紫色的遮阳帽，望着我笑了笑。

达瓦曲珍用藏语嘀咕几句，又用汉语对我说，她现在好多了，一年半过去了，一个人支撑着家，上有婆婆，下有三个女儿，还要张罗盖房子，合作社的事也要她操心，大小事逼得她没有时间悲伤。

望着群宗消瘦平静的脸庞，不免生出感慨，如此坚强理性的女人，要以多少煎熬苦痛为代价啊！

在翻译和转述中，我们拉着家常。她指着小河对面不远处的村庄说，那个村子叫德庆村，娘家就在那里。爷爷年轻的时候在强钦庄园干过活，所以家里有几口箱子，生活困难的时候爸爸用箱子换过粮食。她有两个哥哥和一个姐姐，现在姐姐和父母一起住。仁增大她两岁，很年轻就当了木匠，经常到各村帮助村民修房造屋。第一次见面，是仁增爸爸借他们家油布晒青稞，让仁增来拿，仁增来了，他们就认识了，当时她 19 岁，基本上没有上过学，仁增读过中学。没过多久他们就结婚了。当地女孩子结婚不要彩礼，会有陪嫁。嫁过去以后和婆婆、姐姐一起住。公公原来在村里当老师，后来担任拉玉乡乡长，退休前不常在家里住。2013 年公公去世。仁增的弟弟几岁时就出家当了喇嘛，后来还俗，结婚不久就离婚了。女儿没人看管，她和仁增就收养了这个女儿，算是他们家的大女儿，正在泽当上职业技术学校。二女儿在辽宁内地西藏班读初中，小女儿才几岁。仁增没有重男轻女的思想，经常说男孩女孩一个样，从来不打孩子，三个孩子跟他更亲。仁增经常很晚回家。无论多晚，小女儿都等着他。他一进门就把小女儿抱起来举得很高，闹够了，就和小女儿一起睡。

说到这里，群宗低了低头，又仰起脖子，一滴泪珠落到我的笔记本上，刚写的字顿时模糊了。抬头发现头顶上有一大片乌云，远处的天空则碧蓝如洗，与万水千山之外的南海海面一个颜色。

雨滴巨大而稀疏，顾盼间，没有发现可以避雨的地方。达瓦曲珍看

出了我的不安，亲和地说，乌云飘过去就不下了。我恍然大悟，乌云和雨滴果真亲密无间啊！

群宗继续说，公公去世以后，仁增开车带上家人一起到拉萨朝佛，觉得拉萨真是个好地方，希望三个孩子都能考到内地上名牌大学，以后到拉萨工作。仁增去世以后，奶奶说老大可以不上学，帮助她料理家务，自己不同意。以前埋怨过仁增，当村干部顾不上家里的事，现在完全理解了。仁增平时很少喝酒，抽烟多一点，没啥脾气。如果有轮回，希望来世还和他一起生活。

达瓦曲珍说，大女儿对他俩比对亲生父母更有感情，有时候白天去看父亲，晚上一定要回群宗家里住。

我征求达瓦曲珍的意见，是否可以向她提问今后的打算和曲吉，她点了点头，然后是一长串的翻译。

群宗说如果遇上合适的男人也会再嫁，但得带上婆婆一起生活，结婚以后男人也可以住她们家。人总是要积德行善的，曲吉有她的难处，不恨她。

我表达了想见她女儿的意思。她笑一笑说，周末大女儿可能回家。

聊天过程中，群宗时不时地偏着脑袋张望那些渐行渐远的妇女。她们继续在给青稞地灌水。近在咫尺的缓坡上，有一条水渠，隔一段有一个豁口，水便从豁口处随坡逐流，小瀑布一样直流到坡下的青稞地里。青稞地层层叠叠、有大有小、有方有圆，水又从高一些的青稞地流淌到低处。妇女们手握铁锨在田间地头走来走去，一会儿扒开一块地的进水口，一会儿堵住一块地的出水口，还得保证浅水漫过每块地的角角落落，满足每一株青稞苗吮吸到足够的来自积雪融化的甘霖，还要保证不会被大水冲毁掩埋，所以灌水的时候就得人多眼亮，马虎不得。

群宗告诉我，自家有七亩地，种有土豆、青稞、油菜。土豆是一年四季的蔬菜，青稞是一年四季的口粮，粮食基本够吃，大米需要购买，家里有两头牦牛、两只山羊、八只绵羊。牛羊集中放养，娘家人有时候会来帮忙。这里的青稞地、小麦地和油菜地每年都要这样灌水。平常年份一年灌两次，干旱天气次数多些。女人白天灌水，男人晚上打着手电灌水。饭都带到地里吃。水渠是几个村公用的，一个组只能灌几天，轮到本组灌水时，得出动好多劳力。

我认真地听着，牢牢地记住了灌水这个词。哦，灌水，内地人习惯用浇水。如果不是眼见为实，还真理解不了灌水的含义。一灌一浇似乎有着巨大区别。难道这里还是集中耕地集体收割？

交流中得知，三组曾经位于娘那山海拔较高的山沟深处。2006 年随着安居工程建设浪潮，全组搬迁到地势较低的娘那山脚下，人均耕地 1.5 亩，农牧业基础比较薄弱，再加上年年山洪侵袭，房屋农田水毁严重。每年夏季，劳动力被迫拴在抗洪救灾上，群众务工收入骤减，日子过得捉襟见肘。这几年在仁增书记的努力下，争取资金、修筑河堤，保证了村民安全。村里实行土地集中耕种和收割，每到收割季节，仁增就和干部们一起驾驶收割机为每家每户收割粮食，解放了更多劳动力外出打工，所以现在灌溉浇地的人并不多。

在她们的指点下，我知道了近处的山叫娘那山，依山谷流淌下来的小河叫娘那沟，娘那沟与附近山谷流淌而下的溪水汇入雄曲河，河那边就是德庆村。

就在我四处张望的时候，无意间看见了远处的群山和群山之巅洁白的积雪，心里忽然冒出一个词：雪域高原。

群宗再一次伸长脖子看灌水的同伴。雨点再次滴落下来，我起身向她告别。她依旧笑着，说着什么，一手拎着不锈钢小饭桶，一手兜着苹果和鸭梨，头也不回地向同伴走去。

达瓦曲珍告诉我，她说要把苹果和梨分给同伴吃。她们干活，自己坐在这里，不好意思。

随后我们去拜访仁增的母亲。新房还没有完全竣工，一家人住在合作社简易的平房里，几个老式藏柜算是家具，一台凸起屏幕的老旧电视机算是电器，大大小小、疙疙瘩瘩的包袱大概装着衣服、被褥吧。

老人穿着长长的藏袍，佝偻着背，皱纹布满脸庞，眼睛有些浑浊，平顶藏帽很合适，但遮掩不住花白干燥凌乱的头发，细瘦的辫子木讷地垂在胸前。

达瓦曲珍对我说，老人才63岁，已经苍老成这个样子了。我在这里驻村的时候，她显得年轻精神，仁增的去世对她打击太大了。

我以为自己看错了，偏着头多看了她几眼。明显是70多岁的老人，怎么才63岁呢？

与老人交谈似乎更困难，尽管如此，还是了解到一些过往家事。老人娘家也在一河之隔的德庆村，不记事的时候母亲难产去世，父亲不久也离开人世，外婆抚养她长大。结婚以后，仁增的父亲在外工作，一两个月回一次家，家里大小事都由她操持。仁增年少的时候想出去当兵，母亲不放心他离家太远，就没让去，小儿子在附近寺庙当喇嘛，也有离家近的意思。多年以后，看到退伍以后在县城和地区工作的伙伴，仁增念叨过，母亲有些后悔。

父亲在家时间少，但对仁增要求严格。由于仁增读过书，在同龄人中有号召力，很早就当了村会计。有一次，仁增把没有喷完的农药带回家，父亲对他说集体的就是集体的，不是个人的东西就不要拿回家。从此以后，他记住了这个教训，每次给公家办事，无论多晚多累都会把剩余物品和账目悉数送到村委会，做到公私分明，不占公家一点儿便宜。

三、梦里仁增

我住在村委会刚刚修好的一间平房里。水池、卫生间在院子的另一头。院子边有几个健身器材，水泥地面周边长有低矮的杂草，间或有几朵钱币大小的蒲公英黄花，盎然惬意。

傍晚时分，我到村委会前面的强钦林卡看热闹。县里要在这里举办一场演出，还有篝火晚会，不但吸引了一些外地游客，周边村民也来了不少。

众多阿妈早早地坐在暴露于地表的树根上，每个树根都坐着三四个人，我朝她们走去。有人欠起身子让我，我便坐在脱了皮的树根末梢，说话的时候得伸长脖子偏着头，交流起来很费劲，干脆拾来一块石头，坐在她们面前。

她们更多的是微笑，所有脸庞都快乐友善。她们望着我笑，我也融

入其中。我说这藏柏杨可真粗壮，树龄足有两三百年吧！老人们还是微笑，没有人点头，也没有人摇头。

我晃了一下脑袋，向几米开外的一个小伙子求助。小伙子穿一件黑色皮夹克，头发黝黑乌亮，看样子会说汉语。他笑眯眯地走了过来，蹲下身子充当翻译。我问一句，他翻译一句。首先问她们腮帮子上为什么贴着伤湿止痛膏。老人们摸着面颊笑着说，牙齿痛了贴，脸冷了贴，头疼了贴，不疼也贴。

我问为什么不疼也贴。小伙子说，是一种装饰，看着漂亮，主要是心理安慰。

我摸着自己的脸说，怪不得我不漂亮呢！

我问她们知道仁增吗？小伙子刚翻译完毕，老人们立即收起笑容，其中一位老人还抹起了眼泪。我以为蚊虫叮咬了她的眼睛或者我说错了什么，结果另一位老人说，我们好久都不提他了，提起他就难受，他走了，我们不习惯。

我问怎么不习惯？小伙子翻译给她们，又用汉语对我说，仁增活着的时候，给困难户发大米、面粉和油，开上收割机给每家每户收割青稞小麦，谁家有困难都帮忙。

流泪的老人终于开口说，自己是二组村民，今年66岁，叫格桑拉姆。有一次村上漏报了她家耕地的犁铧，她找到仁增，仁增从县城买了一个给她家送去，一个犁铧500元哩。平时他还帮她家地里灌水施肥。仁增就像自己的亲儿子，好几次都梦见他，叫他却不答应。

一位介于中年与老年之间的男人听我们在聊仁增，凑过来说，自己是德庆村人，虽然不熟悉仁增，但听说过，知道他善良肯帮人。他去世以后，邻近村子也有人为他点酥油灯，为他诵经祈福。

立即有人说，她们家灯盏不够，向别人家借着用。那一段时间，村里到处都能闻到酥油味，家家煨桑炉冒着青烟，拉玉乡街上几家商店酥油都卖空了。以前买酥油一斤两斤就行，仁增出事以后都整包买，还有人买一箱子的，一箱子几十斤呢！

坐在树根上的老人个个肃穆，有人劝慰着格桑拉姆。

一看这阵势，我不敢再细问，便起身离开，这时一位更加威武的小伙子迎面走来。小伙子叫边巴，毕业于西藏民族学院，几年前考上公务员在拉玉乡派出所工作。他说仁增对当地情况非常了解，每次上面来人调研、辖区人口普查，都会找仁增协助工作。谁外出打工、在哪里打工、谁的户口迁出或迁入、谁家来了外乡人，他都一清二楚。这里属于边疆和少数民族地区，老百姓不仅种地放牧，还肩负着守边固土的重任，基层工作难度大，他能做到这一步，我们都很敬佩。

篝火晚会开始了，穿着节日盛装的村民们跳着欢快的谐钦和果谐，我也把一根根树棍架到火堆上，顺着火苗升腾的地方望去，夜色黛蓝，星光璀璨。我在想，如果仁增活着，一定会在这里歌之舞之足之蹈之。如果他在天上，应该是一颗星星，也许就在头顶，正俯瞰着我们，注视着生他养他并为之献出生命的村庄和人民。如果让村民命名，也许会叫仁增星，如果让他自己取名，可能会叫娘那星。

又一轮朝霞染红娘那山，一位稍微会一点汉语的未婚女村民，骑着自己的电瓶车，带我去了曾任村支部书记的多吉家。明媚的阳光洒满庭院，一进门的地上，铁皮炉子上架着一口钢精锅，胳膊粗的木柴火苗欢腾，将炉膛渲染得红红火火。揭开盖子看稀奇，咕嘟咕嘟的水花上滚动着饱满的青稞粒，女主人说准备做青稞酒哩，强吉村家家会做青稞酒。二楼的簸箕里晒着尚还湿软的奶渣，方方正正、鹅黄淡白、香气飘逸，忍不住捏了一块入口，酸得我咧嘴皱眉。

露台顺墙根放着一排藏式沙发，墙顶踢脚线彩绘规则而艳丽，窗台上有一盆绣球花、三盆杜鹃花。绣球花红得耀眼，杜鹃花粉得可人。多吉一言不发，一只手撑着额头，一只手放在腿上，女主人只好回答我的提问。

女主人说多吉今年 65 岁，以前担任过强吉村支部书记。她叫卓嘎，今年 59 岁，两人自由恋爱成家，一直没有领结婚证，村里许多老人都没有结婚证，年轻人就不一样了，孩子出生上户口的时候就得领证。儿子、媳妇是小学教师，儿子每天给家里打一个电话，每次回家前问他们需要什么东西，小车后备厢总会装得满满当当。仁增去世以后，他们买了 50 盏酥油灯，天天点灯祈福，给遗像献上哈达。多吉说仁增家全是女儿，有些担心，村里人都盖了新房，仁增家房子最破，有好几处裂缝，坐在家里能看见星星，现在村里人帮助他家盖房子，他想去帮忙，但身体不好，干不了重活，女儿经常去帮工。现在有旦增接手仁增的工作，担任三组组长，他很放心。

我问卓嘎和陪同我的村民，为什么老书记不说话？

卓嘎说，仁增离开我们一年半了，别人一叫仁增的名字，他就不舒服，大家在他面前就不提，今天你来又提仁增的名字，他受不了，难受。

我吃惊地望着老人，自责不已。见他异常悲伤，赶紧递给他一片纸巾，老人接过去，擦拭着眼睛，间或发出唏嘘声。

周末晚饭刚过，我在村委会与村支部书记嘎多、宣传委员兼三组组长旦增几位聊天。嘎多是一位高挑干练的女士，长长的藏袍和邦典格外洁净。与他们交流不需要翻译，话就显得稠密。俩人拿出自己的手机，给我看仁增的照片，我才第一次认真细致地观察这位村民心中的菩萨、干部心中的英雄。他的确既不高大，也不算多英俊，但每张照片都笑容满面。

嘎多说这张是我们一起参加县上组织的知识竞赛时拍的，仁增是主力队员，所以他坐在中间。这张是一起到加查县参观农业生产时拍的，每次外出参加各种会议或考察学习购买种子，都开自家的皮卡车，他家的车子基本上充公了。有时候会梦见他，场景多是一起开会工作，醒来以后心脏跳得更快，难受得厉害。

嘎多边说边按住自己的胸口。有人告诉我，嘎多书记做过心脏搭桥手术。

旦增说自己和仁增从小玩到大，想念他了，就看看这些照片。夜里常常梦见他，总是望着自己笑，什么话也不说。

我指着旦增左手背上模糊的文字问他什么意思，他说小时候自己用钢笔扎上去的，藏文是六字真言的第一个字母，吉祥的意思，汉字是忍。我凑近辨认，果真是忍字。他说自己的父亲也会木匠活，但他就是不愿意学，大一点以后跟着仁增学，仁增从来不对他们发脾气，合作社里大部分是贫困户，大家一起干活很开心。本村和邻村许多人家的家具都出自他们之手，房屋彩绘也由他们完成。

忽然想起村里狗少猫多，几乎每家都有一只猫，或卧在主人脚边，或在露台上晒太阳。旦增说狗是防人的，猫是防老鼠的，老鼠会吃粮食。我噢了一声，然后笑道，说明咱们村社会治安好。

正说着，仁增的妻子洛桑群宗戴着帽子和口罩走了进来，身后跟着一位穿黑色棉袄的女孩子，女孩正在取口罩。不用问就知道是仁增的大女儿，也就是他们的养女。我赶紧迎了上去，拉着女孩子的手到一边交谈。

我递给她一块糕点，女孩笑起来甜蜜而羞涩，酒窝喜人，皮肤白皙细腻，她把糕点放回盘子。

女孩的汉语很流利，介绍自己叫嘎玛曲珍，2000 年出生，11 岁听奶奶说自己不是仁增和妈妈的亲生女儿，非常难受，但爸爸妈妈对她还像原来一样。上五年级的时候有一次逃课，爸爸到处寻找，在德庆村找

到她，没有打她骂她，但告诉她要为自己的理想学习，女孩子要自立自强，不能一辈子种地。现在特别后悔，不该让爸爸那样难受。初中以后住校，以前每周放学上学，都是爸爸开着皮卡车接她和村里的同学。

嘎玛曲珍边说边望着洛桑群宗，同时说，其实自己可以乘公共汽车，但妈妈不放心，每周都骑着摩托车接送她。大妹妹比她小一岁，爸爸出事前几个月考到内地西藏班，爸爸为此特别高兴，专门为妹妹请客庆贺。爸爸走了以后，俩人经常电话和微信鼓励对方。妹妹说希望爸爸被水冲到一个孤岛上，几年以后又回到家乡，还是以前的模样。有一次妹妹梦见爷爷和爸爸在天上叫她，醒来后躺在床上好久不愿意起来，结果枕头全湿了。她告诉妹妹坚强些，自己也经常梦见爸爸，俩人还约定都考上大学，以后在泽当工作，离家近一些，把妈妈和奶奶接到一起生活。现在她最不放心的是小妹妹。每次回家，小妹妹都要她抱起来举高，她再怎么用力，都举不成爸爸的样子，妹妹就会哭闹。

晚风呼啸，星辰再次布满夜空。起身与母女俩告别时，我把那块糕点再次递给女孩，女孩说谢谢阿姨，我给奶奶和妹妹带回去。

尽管女孩声音很低，我还是听见了，眼睛忽然热了起来，赶紧把桌上能吃的东西都装进塑料袋，自作主张地塞到女孩手里。

四、村中无小事

仁增是拉玉乡远近有名的致富能手，总想发挥自己的一技之长，带领大家发家致富。2013 年 6 月，他抓住国家的优惠政策，成立了“仁增藏式家具农民专业合作社”。合作社有 9 名固定员工，其中 6 人是贫困户。他将合作社年利润的 20% 拿出来作为村集体收入。乡干部劝他说，合作社才起步，拿出比例太大。他则说，村里现在还很穷，能多支持点就多支持点。

群培就是合作社的一个小学徒。

有人说，若不是遇上仁增，20 岁的群培也许还是一个四处打零工的迷茫青年。

仁增有 15 个学木匠的徒弟，群培是最小的，也是家里的独子，父亲 2015 年上半年去世，仁增出钱出力帮忙料理的后事。

群培父亲去世以后，仁增让他进了合作社，并说男人是一家之主，要学一门手艺，也好照顾体弱的母亲。教授要领的时候，自己先示范一遍，再让群培模仿着做。在师傅的悉心教导下，短短几个月，群培就掌握了除雕刻以外的技术活。

进城办事的时候，仁增喜欢带上他，一起到餐馆改善一下伙食，添几件新衣服。有一次，县上给村里分了一个学习驾驶装载机的名额，仁增考虑他年龄小，又有文化基础，便极力推荐他去。到泽当参加培训前，仁增对他说，一定要好好学习，争取拿到驾驶证书，将来好为村里做些事情。

群培学成归来，经常开着装载机为村里清理河道，既像父亲又像兄长的仁增却不见了。有时候，在河边看见某个人，会不由自主地叫一声阿觉仁增，意识到叫错了，眼前便模糊起来。

提起仁增，80 岁的其米央宗有说不完的话。在她眼里，仁增就是亲人。

老人家里没有收入，是村里的贫困户。平日里，仁增经常到她家里坐一坐，翻翻装糌粑的袋子，掂掂装酥油的坛子，经常送些糌粑、酥油、菜油给老人。春耕时节，请来左邻右舍，帮她家耕好地，撒下青稞种子。秋收时，开上收割机，给老人收回一年的粮食。

老人说，孙女在泽当工作，是仁增帮忙介绍的。孙女文化水平低，仁增怕她吃亏，就替她仔细把关并代签合同。小孙子在学校打球时摔断了胳膊，仁增放下手里的活，把孩子送到医院，还垫付了 1000 元医药费。

在赤列旺久老人眼里，仁增是他家的顶梁柱，几年来，家里大小事都由他帮忙操持。

赤列旺久是三组的五保户，已经 78 岁了，老伴白玛 74 岁，只有一个身体虚弱的女儿，40 多岁尚未出嫁，全家缺少劳动力，也没有任何收入。

旺久原本有一个体力不错的儿子，为邻村放羊时，被雷击中身亡。接到儿子去世的噩耗，悲痛欲绝的老人跌跌撞撞去求仁增。

仁增骑上摩托车带上老人就去了。摩托车上不了山，只好丢下摩托徒步爬上山顶。劳累加寒冷，仁增嘴唇发紫，全身哆嗦，凌晨 1 点多，才将尸体背回家，并不停地开导和劝慰老人。

回忆起这些往事，赤列旺久老泪纵横，双手颤抖。

贫困户格桑曲珍的丈夫索朗巴珠，不慎掉入沼气池颈椎受了伤，仁增得知后，开车将他送往医院。因为索朗巴珠一家人不懂汉语，与医护人员交流困难，他便在医院陪护了 20 天，并为其垫付了 3 万元医药费。索朗巴珠出院以后，无法干重活，仁增又将他安排在合作社做一些简单的木工活。后来索朗巴珠去世，仁增又帮助料理后事。考虑到他家没有经济来源，又将其女婿达瓦扎西安排在合作社工作。

54 岁的甘旦，是三组的老组长，儿子儿媳长年在外打工，家里的大小事情都是仁增帮忙打理。有一次，他在泽当不小心掉到下水道，摔伤了腿不能动弹。焦急中想到了仁增，仁增从村里赶到泽当，送他住院，并垫付了 1000 元医疗费。

拉吉卓嘎也是贫困户。她家的房子夏天经常遭受雄曲河洪水的威胁，仁增主动帮她家重新选址盖房子。拉吉卓嘎担心自己的手受过伤，干不了体力活，丈夫又有残疾，在组里当羊倌自己拿不出那么多钱。仁增告诉她，什么都不用担心，房梁水泥由他出钱购买，木工活由合作社来做，雇工的钱也由他来出，保证过年让他们搬进新房子。

接下来，仁增到县国土局，批下了她家的宅基地，并亲自设计户型。就在他牺牲的当天上午，还在为她家挖地基的事忙前忙后。

在强吉村，小姑娘旦增曲珍也十分想念仁增。

双耳失聪的旦增曲珍，已经在拉萨安装了人工耳膜。圆了她听觉梦的，正是仁增。

4 岁的小曲珍天真活泼、爱唱爱跳，也喜欢听奶奶格桑曲珍讲故事。2014 年 12 月的一天，世界一片寂静，她什么也听不见了。

惊慌失措的格桑曲珍，第一反应就是找仁增。

了解到小曲珍的情况以后，仁增立即开上皮卡车，带着她和孙女往拉萨赶。第一次检查，医生说观察一段时间再来，他们焦虑而归。第二次，医生说暂时检查不出问题，过一段时间再来。第三次，终于查出了病因，解决的办法是安装人工耳膜。

一家人看到了希望，却为治疗费犯起了难。

小曲珍的爷爷去世时，后事还是仁增和邻里帮忙料理的。当时在拉萨安装人工耳膜尚不普遍，如果送到内地治疗，一时半会儿拿不出那么多钱，面对困难，不好意思再麻烦仁增。

没过多久，仁增为小曲珍办了残疾证，还把她家列为五保户，每年能拿到一些补助，以此减轻家里的负担。

2015 年 12 月 15 日，也就是仁增出事的前三天，事情有了转机，仁增在广播里听到拉萨的医院可以安装人工耳膜的消息，赶快把小曲珍送往拉萨，并垫付了 1 万元医疗费。

没过多久，小曲珍出院了，能听见奶奶的笑声和落雪的声音，却没有等来仁增叔叔和皮卡车好听的鸣笛声。

2006 年，强吉村开始实施安居工程，仁增发挥自己的一级木工特长，没日没夜地为 45 户村民修建新房，从没收过一分钱。

前两年，仁增承包了从强吉到日玛岗的公路建设工程，全程共计 2.3 公里。施工方偷偷提了礼物来到仁增家，希望他做村民的思想工作，把工资减为每天 100 元以内。仁增连人带礼物推出门外，并说这是村民的工资，一分也不能少。

施工方见仁增态度强硬，气得直骂他笨蛋。

仁增不为所动，最后将村民的工资定为每天 125 元。

通过与村民聊天，发现这里的百姓特别诚信纯朴，村民之间借钱借物从不打借条，修房、耕地、灌水这些一个人无法完成的工作，大家会互相帮工，约定俗成一般。即便这样，在村民眼中，仁增依然是个慷慨

1077

的人。

拉玉乡原乡长韩相子说，为了群众，仁增付出了一切。

民以食为天，生老病死，吃喝拉撒，看似鸡毛蒜皮、上不了台面的事，却是每个人一生绕不开的话题，如影相随，生生不息。生存高于一切，谁也超脱不了，从这个层面来讲，村中无小事，村民的事全是大事。

有困难找仁增。基层干部仁增，干的就是这些既升不了太空，也播撒不了万亩良田的琐事，但他安顿了人的身体，也安顿了人的灵魂。有他在，百姓就踏实安心。有什么比这更伟大的呢？

五、心中的明灯

我有一个习惯，到某地采访，必去学校看看，一是容易沟通，二是能了解更多的风土民情、世事沧桑。

夕阳照耀在娘那山上，山顶光裸贫瘠，山下有依稀的藏柏杨，树干并不粗壮茂盛，甚至有些纤细。在树木与山顶之间的巨大空阔地，有黑色的牦牛和羊群在游走。羊群并不洁白，泛着苍黄的颜色。学校位于雄曲河边，与河水非常接近。我在想，喜马拉雅山脉果真山连山、水连水，连绵起伏少平地，偌大一个强吉村并不平坦。学生是祖国的花朵、村民的希望。他们一年四季大部分时间在学校，有的还住校。但凡有一块地势好的地方，大概就是学校所在地。强吉小学地处河谷，也是无奈之举吧？

与学校一河之隔的强钦林卡和强钦庄园，据说有几百年的历史。强钦庄园是西藏保存较为完整的中小型贵族庄园样式，也是西藏自治区重点文物保护单位。传说文成公主随松赞干布来这里巡查时，把汉式酿酒技术传授给了当地百姓。强钦的意思是青稞酒的故乡，所以强吉村家家户户会酿酒，还有小型酒厂，并注册“强钦”牌青稞酒。当地为了发展经济，经常在强钦林卡举办酒文化节和各种演出，为的是吸引游客、拉动消费。

村民告诉我，村子原来叫强钦村，后来就叫成了强吉村。

学校干净整洁，一到六年级完备。在与老师学生点头间，我总能收获友善的回应。楼道挂有西藏历代文化名人画像或照片，藏汉文对照，教室的墙上贴有色泽艳丽的藏汉文图表。校长格桑旦增英俊精干，和所有老师一样，毕业于正规大学。他滔滔不绝地向我讲起仁增的故事。

2012 年的一天，仁增到学校接孩子放学，无意间看到老师们弯腰坐在藏式小床上备课。出于好奇，就问怎么在这里办公。副校长索朗顿珠告诉他，学校资金紧张，实在没钱买办公桌椅。三天以后，仁增送来了两套崭新的办公桌椅。

2013 年 3 月，一根歪歪斜斜的木质电线杆引起仁增的注意，轻轻触碰就掉木屑，电线也严重老化。如果刮风下雨多危险啊，他将想法告诉校长格桑旦增。随后到县城向住建局申请了新的电线杆和电线，并拉来水泥，请电工安装电线杆，架设电线。

冬天的雄曲河谷寒风刺骨，平日里活蹦乱跳的多吉，把手藏在身后，仁增走过去，才发现多吉的双手布满冻疮。他心疼地询问情况，得知天气太冷，学校的水管全都冻裂，缺少燃料，只能用河水洗脸。仁增与村委会干部商议，决定给学校划一块山地，方便学生捡拾柴火取暖烧水，同时向村民提出，这块地可以放牛，但不能捡牛粪，牛粪留给学校当燃料。

从那以后，同学们早上都有热水洗脸了，有时候晚上还能烤火取暖。

校长说，仁增不仅热心，而且细心，从 2010 年开始，每年“六一”儿童节，村委会都会给贫困孩子捐钱或送文具用品。强吉村所有学龄儿童，无一人因为家庭贫困而辍学，这要感谢国家政策，也要感谢村委会的大力支持。

仁增不但关心在校学生，也关心因为各种原因无法继续读书的孩子。

村民央宗说起仁增，仍旧双手合十。沉默好久以后，她讲起一件往事。

由于丈夫去世，家里失去了主要劳动力，田地没人耕种，手里没有零花钱，无计可施，只好把希望寄托在上初中二年级的儿子顿珠身上。她下了很大决心，独自流了好几次泪，才把想法说出来。顿珠把书包放到藏桌上，愣在一旁不动，央宗像做了错事的孩子，静静地坐着，也不动，既不敢看儿子，也不敢收回说出的话。

顿珠知道离开学校和同学是早晚的事，但没想到来得这样突然。痛苦中还是决定出去打工，就在准备跟随村里大人外出的前一天晚上，仁增来到他家。

仁增一边递给央宗“低保证”，一边说，你家低保的事已经落实，以后政府会按时发放低保补助，顿珠还小，成绩也不错，你就忍心让他出去打工吗？

仁增又走到默默收拾行李的顿珠面前，认真地说，小伙子别收拾了，我帮你上学好不好？

央宗激动地说，他阿爸的后事都是你和大伙帮忙料理的，不能再麻烦你了。孩子也上了几年学，打工够用了。

仁增掏出1000元递给她，语气坚定地说，钱你先拿着，不要因为家庭困难耽误了孩子的前程，没有什么比孩子上学更重要的，从今以后，顿珠的学费和生活费我来想办法，一定要让孩子继续上学。

央宗知道，仁增家并不富裕，上有老下有小，本人除了当村干部的补贴外，偶尔干点木匠活，挣点零花钱。

我不能收这个钱，央宗摆手说道，仁增还是把钱塞到她手里。

就这样，顿珠从初中一直到大学，除享受国家教育资助以外，仁增承担了许多费用。

央宗说，七八年过去了，仁增帮助顿珠的钱至少有五六万元。具体多少，他从来不记，她心里也没数。

如今，顿珠马上要从西藏农牧学院毕业了，阿觉仁增却无法陪他迎接朝阳般的未来。

对于正在读大学的嘎玛群培来说，仁增就是照亮他前程的明灯。

在嘎玛群培读初中时，他的母亲就因病去世了，他的学习成绩一直不错，想以读书改变命运却高考落榜。备受打击的他一蹶不振，连续两年待在家中，偶尔跟着父亲打零工补贴家用，除此之外，大部分时间都是昏睡、昏睡、昏睡。

仁增了解情况以后，主动找到嘎玛群培与他谈心：一次失败就选择放弃，算不上男子汉。当年自己因为种种原因没有机会上大学，现在很后悔。你要抓住学习机会，年轻时吃点苦，将来日子就好过点。

嘎玛群培从被窝里伸出头，流着泪说，我怕再考还是一样的结果，家里没钱补贴，就算真的考上了，也不能去读呀。

仁增摸着他的头说，不去考试怎么知道考不上，你不是一直想去内地看看吗？那就要为这个梦想努力。

重新点燃群培的信心之后，仁增又做他父亲的工作，告诉他孩子的事是大事，不要只看眼前利益，让孩子打零工，要督促他参加补习班，安心学习，学费的事大家一起想办法。通过一年的起早贪黑，顽强努力，群培顺利考上了位于河北省秦皇岛市的中国环境管理干部学院。

村民们纷纷说，阿觉仁增是嘎玛群培心中的明灯。如果没有他指路照亮，嘎玛群培根本不可能去内地读书，听说每天还能看到大海呢。

索朗曲宗的两个女儿，从初中开始就受到仁增的资助，一直到大学毕业。两个女孩始终记得仁增的劝告：参加工作了，要懂得感恩，好好

回报社会。

村支部书记嘎多说，以前条件差，仁增没有机会读大学，但他非常重视教育，希望三个女儿都能考上内地的名牌大学，也希望村里走出更多的大学生。他把强吉小学的事当成自己的事，牺牲前几天还说，合作社收成不错，到时候再去学校看看需要添置什么东西。

六、抗洪记

午夜，强吉村上空乌云密布，电闪雷鸣，暴雨如注，山洪如脱缰的野马，顺着娘那沟和众多小河沟奔涌而下。

不好！正率领防洪队巡逻的仁增大叫一声，便立刻向三组东边奔去。

顷刻间，紧挨着聂麦颇沟的旦增、朗杰等村民家里涌进了洪水，惊叫声此起彼伏，人们慌作一团。

先把老人、小孩撤离到安全地带，再堵洪水，刚赶到的仁增发出指令。

瞬间，混乱停止了，青壮年立即着手转移老人小孩。仁增背起旦增的母亲，飞快地向门外跑去，所有人转移完毕，已经是凌晨3点。

仁增不顾疲劳，带着青壮年返回现场，围堵洪水，以减轻对庄稼、房屋的破坏。

天快亮时，洪水终于退去。

三四次暴雨将20厘米高的青稞苗打入泥地。10余亩农田，来不及回报主人的精心耕耘就被摧毁殆尽，羊子也被洪水冲得不见踪影，孩子上学常常受阻。每年，村民都要花费大量精力财力修建防洪堤坝，因为没有资金购买水泥铁丝网加固堤坝，洪水一来，防洪堤便溃败不堪。

修修补补，年年反复，村民的精力被牢牢地拴在了抗洪救灾上。强吉人盼望雨水，雨水丰沛，青稞小麦茁壮成长，灌水的任务也小。身处喜马拉雅大山褶皱中的强吉人，渴望温暖，但高温使积雪融化，是洪水猛兽的源头，这样的情形，村民们心急如焚，却又深感无奈。

2013 年以前，在强吉村三组，这样的场景，几乎每年都会上演。

三组位于娘那山和聂麦颇山汇聚处，两山呈交叉之势，将三组限制在夹角之中，两山交汇处形成的沟壑，成为山洪肆虐的地带，威胁着山下的二组三组部分群众。每年雨季村民就提心吊胆，便成立了临时巡逻队。

从小跟随父亲跑遍拉玉乡山山水水的仁增，对强吉村再熟悉不过了。水患危害了村民多少年呀。要想富，先治水。水患不除，三组贫困的毒瘤很难彻底根除。

他明白，每年夏天由村两委班子组成的防洪队，根本无法对抗失控的洪水，巡逻队也无能为力。

如果能修一条防洪堤将洪水引进雄曲河，或许能解决问题。被洪水牵着鼻子跑了多年的村民，都希望能举全组之力，修建一条防洪堤，以减轻水患。可三组是远近闻名的贫困村，哪有钱修河堤呢？这可不是小数目，大家集思广益，苦思冥想。

2011 年的一天，无意中得知村民朗杰的侄女，在自治区有关部门工作。仁增喜出望外，赶紧找到朗杰，请他牵线搭桥。

朗杰给侄女打了几次电话，告诉村里的困难和大家的想法，却一直没有得到回应。

等不到结果，仁增带上当时还是村会计的旦增，专门到拉萨去找朗杰的侄女。令他们想不到的是，拉萨不同于泽当，找个人太难了。

几番折腾，仁增总结经验，思考对策，拉萨找不到人，可以在山南等待，她总会回来看阿妈的。

功夫不负有心人。2012 年的一天，终于等到朗杰的侄女回山南老家。

得到消息，放下手中的木工活，来不及换下油漆斑斑的牛仔裤，仁增、朗杰、旦增三人，就去泽当拜访朗杰的侄女。

忐忑地说明来意，详细地陈述村里的实情，朗杰的侄女被感动了，表示会向领导反映汇报，努力帮忙争取。

接下来的日子仁增每天都坐卧不宁，将手机铃声调到最大，再加上振动模式，时时都把手机放在显眼的地方或拿在手中，生怕错过任何来电。

六七天以后，电话终于响了，“朗杰侄女”四个字跳上屏幕，紧张和激动同时袭来，差点把手机掉在地上。

朗杰侄女说，40 万元资金已经落实了，并嘱咐他钱一定要用在刀刃上，千万不要钱花了却看不见东西。几经周折，拿到钱已经是半年以后的事了。

仁增和村支部书记嘎多，找到县领导和相关部门，请求把防洪堤项目交给村里实施。

他直言不讳地说，如果承包出去，40 万元只能修 1000 米。防洪堤关乎群众切身安全，交给本村人修，既能多修还能保质保量，更能增加村民收入。

项目争取到以后，便开始了精心准备和实施，将三组 40 余名有修房、架桥、修堤筑坝经验的男人组织起来，抓阄分段包干，每人负责一段防洪堤修建工作。

对于材料，能不买的尽量不花钱，动员大家就地取材，在沟里捡石头采河沙，组织集体拖拉机运输，大大节省了开支。

2013 年 3 月，娘那山上的积雪还没有完全融化，雄曲河面还漂着冰凌，防洪堤正式开工修建。仁增的微信里，还保留着防洪堤开工时的热闹场面，并有文字说明：年过完了，又开始忙了。

开工仪式上，仁增既是嘱托也是告诫，他说这是有利于大家的事，每个人都要认真负责，如果干得不好，必须返工。

施工期间，仁增开着自家的皮卡车，一趟趟办着村里的事，饿了一碗藏面几坨糌粑，随便对付一下。两头见星星一跑一整天，是常有的事。

在大家的齐心协力下，长 1500 米的娘那防洪堤高质量完成，比工程预期多修筑 500 米，也让参建村民每人最少拿到了 5000 元的劳务费。

这是强吉村的一项重大工程，也锻炼和培养了村民的能力，为以后外出务工打下了良好基础。

后来，为了防止洪水沿斜坡流入防洪堤西面的 25 户村民家，仁增和村委会班子又争取了 5 万元资金，修建了那日排洪渠，将群众头顶的洪水引到主干道娘那防洪堤。

如今，54 户群众安全了，多半的土地也能旱涝保丰收。

告别了洪水威胁的群众说，有了娘那防洪堤，睡觉都踏实了。这要感谢阿觉仁增的不懈努力。

达瓦曲珍陪我在村里走访的时候，多次向我讲起驻村时光。

说到累，不禁想起 2014 年 8 月的一天，乡政府组织强吉村两委班子进行财务清查。工作干完以后，大家坐下来休息吃饭，发现仁增睡着了，怎么喊都不醒。当时挺纳闷，问怎么回事，三组会计说别叫了，他一连三个晚上都在帮没有劳力的村民浇地灌溉。

另一件事同样难以忘怀，2014 年“七一”前的一个傍晚，强吉村突发山洪。我们赶到现场查看灾情，洪水汹涌，根本不敢靠近，很多村民着急回家，却过不了娘那沟下游的公路。仁增一言不发跳入水中，躬身背起一位老人就走。等把所有村民转移到安全地带，他全身上下都湿透了，冻得直发抖。看着这位身板精瘦却内心强大的男人，我们都很心疼，劝他回家换衣服，他却说现在最急迫的是召集联户长和党员商量怎样抗洪，这事拖不得。

达瓦曲珍说，那一刻，她感慨万千。说句实在话，当时自己也想过跳下水背村民，可看到汹涌的洪水，还是犹豫了，心想如果下去可能会被水冲走，便打消了下水的念头。现在回想，同样是干部，不同的是，他是基层一线的普通村干部，而我们是上级选派的驻村干部，面对艰险，面对群众危难，态度却截然不同。仁增可以毫不犹豫义无反顾，而我们最先考虑的却是自己的安危，相比阿觉仁增，我们显得多么渺小。这些天，我一直在琢磨，到底是什么样的境界、什么样的精神支撑他这般大公无私、舍生忘死地服务群众？我想，这就是共产党人全心全意为人民服务的理想信念，让他有了这份责任、这种担当、这样的胸怀。谋事要实，创业要实，做人要实，用在阿觉仁增身上，便是最佳的诠释，真正践行了群众路线。

达瓦曲珍说，仁增已逝，留下四个未了心愿：计划在娘那沟上修建一座桥，永绝水患；新建日马岗到强吉的河堤；每年寒暑假拿出 2 万元用于学生奖励和慰问；以强钦庄园维修为契机，开发强钦林卡，发展旅游，增加群众收入。

七、羊子的事业

已近黄昏，娘那山一片苍茫。

在海拔 4000 多米的山上，强吉村三组修建的暖圈上，五星红旗迎风招展，在落日的余晖下，分外耀眼。

叮当，叮当，阵阵铃声打破了山间的空寂。羊倌赶着羊群归来，羊子的背上、犄角上刷有不同记号的油漆。

肥硕的公羊、肚圆的母羊鱼贯而行，分别从前后门进入温暖的圈棚。

这是它们惬意的卧室。

这 800 多只羊子，是三组村民，特别是困难村民的钱袋子，是仁增留给他们的宝贵财富。有人感激地说，阿觉仁增为群众办的好事很多，集中养羊，更是耗费了他的许多心血。

三组在娘那山有 2 万多亩高山草场。四年前全组只有 200 多只羊，最多的人家也就五六只。长期以来，各家各户都自行放羊。为了提高产羔量，公羊母羊分开放，大羊小羊分开放，自然就增加了放牧人手。劳力少的人家，自然就放弃了这一致富途径，不再养羊。又由于没有暖圈和足够的饲草，天寒地冻北风呼啸时，全都瘦骨嶙峋，如果暴雪猛烈，积雪时间长，雪层覆盖了枯草，羊子就会冻死饿死，有的被狂风刮到山崖摔死。

有人在仁增面前抱怨，养羊既吃不到肉，又卖不到几个钱，干脆不养了。

心地善良的仁增，见不得抱怨。困难户大多是体力弱的人家，无法外出打工，可村里耕地少，又无其他挣钱门路，放牧养羊，简单可行，还能多点收入。

他和组里干部商量以后决定，争取资金和项目，想方设法打开牧业发展局面，让群众增加收入，让残疾人也能就业。

仁增是个雷厉风行的人，决定了的事马上行动。他同组干部一起多次到县城，向相关部门争取扶持资金。功夫不负有心人，他们终于争取到 20 万元经费。

由于经常到县里开会，驻村干部信息也多，常常在一起探讨致富经，听说措美县羊子品质好，也适合在三组的高海拔草场放养，仁增便和大家商量买羊和分配的事。买羊主要是为了发展壮大，不能买公羊，公羊很快会被宰掉吃肉，母羊每年都会产崽，村民一般不舍得屠宰。出于公平，需要羊的人家，每户发 3 到 5 只，不需要的，按每只 350 元给予现金补贴。

随后他们联系到两辆卡车。第二天一早，他们匆匆吃了藏面，开上自家的皮卡车，一行三辆车直奔措美。

经过 4 个多小时的颠簸，终于来到措美县哲古草原。一见到洁白的羊群生机勃勃的场景，他们的饥饿和疲惫感一扫而光。仁增同旦增和洛桑小声嘀咕，每只羊都得精挑细选，千万不能要瞎子羊、瘸腿羊和病羊。几个人在草场来回奔跑，在羊群里钻来钻去，眼瞅着是只大羊，抓到手却是羊羔，就这样抓了放，放了抓，200 只羊子竟然花了 4 个多小时。看到他们如此细心较真，卖羊人打趣道，你们不是在买羊，倒像是给羊子相亲。仁增认真地说，这是三组人的命根子，不能不小心啊！

把羊子拉回家，天已漆黑，疲惫的他们才意识到一整天只吃了一顿饭。

有了羊子，为了节省劳力，还得集中放养。谁来当羊倌却令他们费神。放牧是件看似简单实则辛苦的差事，无论刮风下雪、春夏秋冬，羊子都得吃草。夏天到海拔高的草场放牧，冬天转场到海拔低的山坡，不但得防备狼和狗的侵袭，还不能让羊子啃食青苗。羊子一日无数餐，羊倌一日三餐甘苦自知，而且还面临一个巨大的难题，那就是寂寞孤独。寂寞孤独杀不死人，但会伤心劳神。羊倌放牧一天挣25元工钱，外出务工一天至少有100元收入，谁都会算这个账。

哪里找人呢？村里的残疾人和养羊大户，是他们最先锁定的目标。格桑家羊子比较多，几只羊是放，一群羊也是放，给大家放羊还能拿到工钱，何乐而不为呢？没费多少口舌，他便爽快地接受了邀请，并愿意干接羔育幼等技术性强的活。残疾人嘎玛顿珠无力外出打工，也乐意放羊。

新买的200只加上原来的羊，400多只羊子两个人放，大羊小羊分开放，公羊母羊分开放，显然人手不够，还需要一个羊倌呢。村里所有男人，但凡体力稍微好一点的，无论年长年少，都不愿意与羊为伴。风雪无阻，终年孤单，想一想都凄凉。

仁增又想到了一个人。姐夫次仁旺久曾经放过10多年羊，经验自不必说，但姐夫在外打零工，随随便便一年能挣1万多元，听到仁增的来意，便一口回绝。第二次，给孩子买了衣服零食送去，还是遭到拒绝。

实在没有办法，仁增便带上村里的五个联户长，一起去做工作，并对姐夫说，大家都是带着村民的嘱托来的，不能辜负了大家的期望。联户长们也纷纷表示，乡亲们都希望你放羊，你有经验，又有责任心，如果你去放羊，家里有困难，大家也会想办法帮你解决。

半个月以后，被磨得没了脾气的姐夫，终于赶着羊群上山了。

羊倌们非常认真负责，给不同人家的羊子用油漆刷上不同的记号，有的在背上画个圈，有的在犄角上点个点，有的在尾巴上画一竖。羊子们拥挤在一起的时候，便有了百花盛开的景象。羊子的主人急着卖钱或嘴馋想吃肉的时候，往羊群里一站，就能认出自家的羊子。

羊子有了，羊倌也有了，还得考虑羊子过冬的饲草，有了足够优质的草料，即便是滴水成冰的季节，也不会挨饿。

娘那山半山腰的达久坝有 50 亩荒地，开发出来种苜蓿草，一年收三季，质量和产量应该能保证。在村民小组会上，仁增提议种草，无论是有羊户还是无羊户，全都连声叫好。

说干就干，他开上自家的拖拉机，带上村民就上山了。村民热情高涨，义务投劳，很快便把荒地开垦出来。2013 年 1 月，从县农发办争取到苜蓿草种子和铁丝网围栏，苜蓿地四周围上了围栏，灌水施肥，辛勤劳作，苜蓿草割了一茬又一茬，羊羔一个一个降生在娘那山的沟壑山峦，一切都心想事成，吉祥如意。

草料丰美，羊子的队伍在壮大，羊倌和羊子的住宿问题摆在面前。母羊会在藏历新年前后繁殖，没有温暖的羊圈，不利于母羊产崽，即便产下小羊羔，漫漫长夜，稍不留神，飓风和暴雪就会夺走脆弱的生命。

以前的旧羊圈没有屋顶，围墙也残缺不全，别说保暖，连羊子的安全都保障不了，建暖圈刻不容缓。2013 年 10 月，仁增接连五六次到县里，向相关部门讲困难请求支持，终于争取到 12 万元资金。

钱拨下来的时候，已经是次年初春时节，娘那山依然寒风凛冽，每个人的手都揣在怀兜里，开口说话间白气四散。拿到这笔专项款，组干部立即到泽当采购水泥木材。一声吆喝，村民纷纷响应，争先恐后地上山义务修羊圈。

山顶的四间暖圈很快就建好了，被村民戏称为夏宫。他们又趁热打铁，转战山腰，为羊子修起了两间宽敞的冬宫。

大伙七嘴八舌地说，羊圈还真暖和，比我们房子都保暖，今年羊子再也不会掉膘了，产崽量肯定会上去。

为了解决羊倌的寂寞孤独冷问题，他们还专门布置了休息的小屋，安装了太阳能照明灯、收音机，基本灶具一应俱全。

如今，只要有勇气爬上娘那山，老远就能看见稍微避风的地方，坐落着 6 间羊子的房屋，屋顶飘扬着五星红旗。三组的羊子不负众望，才几年时间，就从 400 多只增加到 800 多只。每只羊子平均市值 500 元。

八、辞官风波

仁增在村里赢得了群众真心的支持和拥护，被百姓誉为顶梁柱、定盘星。这些，与他多年如一日把群众当亲人，时时事事想着群众，真心诚意为群众办实事解难事做好事密不可分。

三组是一个以农业为主的村庄，人均只有 1.5 亩耕地，长期以来，农作物产量并不高。仁增和村民一样着急，多次到县农牧局打听是否有农作物新品种。2013 年 3 月 16 日，正是强吉村一年一度盛大的开耕节。前一天，他接到电话，告知他可以到日喀则领取青稞新品种“喜马拉雅 22 号”种子，他兴奋不已，决定立即动身去日喀则。群众劝他说，没有村干部参加开耕节，大家就高兴不起来。他只好留下来，参加完开耕节仪式，立即开上自家的皮卡车，同支部书记嘎多等人一起，前往日喀则。

在驻村工作队的帮助下，新修了两座水塘，解决了农田灌溉问题。当年，全村庄稼丰收，每亩产量比以前增加了 200 多斤。

以前村民和牲畜饮水，全靠背雄曲河的水，2013 年建起了人畜饮水池，更换了水管，现在家家户户院子里都有自来水。由于冻土层深，冬季水管会被冻裂，输水管便埋得很深。村里还争取了 700 多棵树苗，群众义务投劳植树。以前组里的会议室像个羊圈，后来建起了三组村民小组会议室，并争取了一批健身器材，使群众劳作之余，有了休闲娱乐的场所。热水澡，对以前的藏族百姓来说是件奢侈的事，强吉村则建有盥洗室，只要阳光充足，太阳能热水器就有热水流出。

在组长仁增的带领下，三组发生着实实在在的变化。2008 年村民人均年收入为 2300 元，2015 年已达 5600 元。集体收入也从 2008 年的300多元，增加到2015年的14万多元。村民以前住平房，现在住楼房，80%以上的家庭有摩托车、电动车。许多家庭购买了电视机、冰箱、电灶具，电视机一般能接收50多个频道的电视节目，汉语藏语都有。

达瓦曲珍说起村两委班子换届选举的事，依然话语颇多。

由于国家和各对口省市援藏力度加大，交通信息越来越便利，本地小企业发展迅速，许多村镇经济条件比原来好了许多，加之村组干部每个月有补贴，一些能干的村民都愿意担任村组领导，但仁增却是例外。

从2000年任村会计到2008年，因为上有老下有小，妻子体弱多病，他曾经提出过辞职，申请没有批准，反而被选为强吉村党支部副书记、三组组长。

娘那山上的浅草绿了又黄了，黄了又枯了，强钦林卡的青稞酒迎来一批客人，又送走一批客人。时间很快到了2014年10月，西藏自治区村（居）两委换届选举工作正在进行，仁增再次提出辞职。

听说仁增不想当组长了，消息传来，三组群众忧心忡忡。

村民期待他继任，家人期盼他顺利辞掉村干部，一心一意搞好专业合作社，早日还完办合作社欠银行的15万元贷款。家庭、合作社、三组、村委会，都离不开他，他陷入了两难境地。

思考权衡以后，他把辞职申请交给支部书记嘎多，并表示会支持新任组长工作。嘎多劝说无效，向上级报告。仁增揣着村委会盖有“同意”印章的申请，到了拉玉乡政府，在门外徘徊许久，才敲开乡党委书记边巴的办公室。书记说早就知道你的情况，可以批准你辞职，但如果群众依然选你，希望你一如既往地为群众服务。

选举严谨有序，由拉玉乡党委负责人、强吉村党支部一班人和驻强吉村工作队组成的指导组，来到三组召开村民大会，推荐村两委班子换届选举人选。

选举结果是，村党支部副书记、三组组长仁增获得全票，并推选他连任三组组长。

仁增说合作社才刚刚起步，真的离不开。

还没等他讲完，不少村民站起来说，三组能有现在的变化，都是靠你带领大家取得的，除了你，我们选不出第二个人来。68岁的旦增欧珠说，你人好能干，还请你当组长吧！

时间已到凌晨，双方僵持不下，选举不了了之。

为了避免重蹈覆辙，指导组决定在第二次选举前，先走访各家，做村民的思想工作，让他们放弃仁增。

傍晚，乡党委书记边巴、驻村工作组负责人达瓦曲珍、强吉村党支部书记嘎多等几位指导组成员，把每家每户的户长单独叫出来，逐个劝说他们另选他人。

过了两天，选举再次进行，结果仁增还是全票。此时，强吉村一组二组选举工作已经结束。

第三次选举之前，村民早早来到会议室，与前两次不同的是，这次老人和双联户长坐在前面。

清点选民人数后，仁增再次向村民陈述自己的想法。我离不开合作社，向你们请三年假，等我还完债，如果你们还需要我，我就继续上任。这一次请你们另选组长，我会积极支持他的工作。

大家执意不肯，依然坚持选他当组长，并说我们就认定你了。

村会计洛桑丹增站起来说，阿觉仁增你不当组长，我也不干会计了。

县政协委员赤来曲珍、联户长刚组等人抓住仁增的手，央求他继续当三组组长，有的老人还抹起了眼泪。

仁增的母亲见此情景，向大家双膝跪下，一边流泪，一边立起双手大拇指，向村民求情，求大家看看我们家的困难，别再选我儿子当组长了。

在西藏，立起双手大拇指求人，是最低三下四的哀求。

村民并不松口，纷纷劝解老人，你家有困难，全组人帮你一起解决，合作社的贷款，我们每家每户一起凑，帮你还。

主持人无奈宣布，改日重选。几位村民拦住指导组，请他们劝一劝仁增。

指导组便把仁增带到旁边一间小屋子，做他的工作：你是家里唯一的男人，同时也是党员、致富带头人，要有责任心，不要寒了群众的心，村里会积极争取项目来扶持合作社。

面对组织的信任、群众的拥护，仁增只好让步，并保证说，既然村民这么看好我，就不能让村民失望，如果辜负了村民的期望，我良心不安。

结果他连任了强吉村党支部副书记、三组组长。

九、大爱永恒

2015 年 12 月 18 日，一个普通平常的日子，娘那山上白雪皑皑，和煦的阳光照耀在雄曲河上，冰凌相撞发出簌簌的声音，藏柏杨飘落了最后一片叶子，一栋栋藏式楼房仿佛盛开的雪莲花，屋顶飘扬的五星红旗和经幡角旗，恰似雪莲芬芳吐蕊。

这一天，是拉吉卓嘎家新房动工的日子，仁增得帮忙张罗，一直忙到吃午饭才回家，由于惦记着合作社的订单，大伙干得很起劲。

突然，“嘭”的一声，合作社的铁门被撞开，曲吉的父亲闯了进来，急得快要哭出声，急促地说，曲吉打来电话，说要跳江自杀。

仁增放下还没有上完漆的柜子，就向皮卡车奔去，并对他说，你放心，我一定把你女儿平安带回来。

原来，曲吉因为父母反对她的婚事，与男朋友发生矛盾，产生了自杀的念头。

到了江边，看到站在泽当桥下瑟瑟发抖的曲吉，仁增急忙呼唤，让她冷静。未等他近身，曲吉已经扔下遗书和手机，跳入江中。仁增立即跳入江中，抓住曲吉的手，却不幸被卷入漩涡。在生命的最后一刻，仁增用力将曲吉推出水面。随后赶来的曲吉的弟弟，用绳子拽起了曲吉，仁增却不见了踪影。

仁增失踪后，强吉村 80 多个男人自发组成搜救队，前往雅鲁藏布江沿岸寻找。女人、老人纷纷哭泣，泪水飞溅中，有人双手合十念念有词，有人点起酥油灯煨起桑烟，为他祈福保平安，有人到拉玉乡商店购买灯盏酥油，酥油灯盏不够的人家，向邻居去借。

甘旦老人眼含泪水，语带哭声，他说，全村都哭成了一片，这样的场景我在村里只见过两次，一次是毛主席他老人家去世，一次就是现在。

赤来曲珍老人泣不成声，反复重复一句话，阿觉仁增呀，是我们把你永远留下了。

旺久、德吉、拉吉卓嘎等人痛哭流涕，边哭边说，三组的房梁塌了，这么好的人说走就走，是我们没有福气呀。

嘎玛平措、刚组等 20 多个村民，纷纷来到他家，把欠的钱还给仁增的妻子洛桑群宗。望着毫不知情、面带诧异的洛桑群宗，嘎玛平措等人说，阿觉仁增生前对我们太友善，我们不能昧着良心瞒下这些钱。

拉玉乡党委副书记布宣说，仁增当村会计时，把账目搞得一清二楚，财务公开透明。

琼结县农发办主任罗布多吉，依然记得仁增最后一次到他的办公室，向他反映娘那水渠修好了，承包方还没有兑现群众工资，希望他帮忙催一催。

当地媒体这样报道，强吉村是仁增同志的人生舞台。他生于斯长于斯，奉献了青春乃至生命，更谱写了一曲动人的乐章。他的顾全大局、勇挑重担的模范行为，心系群众、一心为民的高尚情怀，鞠躬尽瘁、死而后已的崇高品质，必将给广大基层干部以信心和力量，激励大家在基层、在一线创造出无愧于时代的业绩，书写人生最瑰丽的诗篇。

琼结县人大主任何广海说，仁增同志的英雄壮举，充分体现了一名当代基层优秀村干部的精神风貌和优秀品德，书写了一名共产党员敢于担当、扶贫济困、大公无私、死而后已的崇高精神，是我们永远学习的榜样。

琼结县委书记安兴国说，为了把仁增同志这种大爱无疆、勇于献身的基层共产党员的精神宣传好、传承好，县委以仁增先进事迹为主，建立了全县农民学习教育基地。县民间艺术团特别为他编排了《大爱永恒》的舞台剧，目的是让更多的人受到教育、得到启迪。我们相信仁增的事迹一定会成为一种精神，激励更多的人弘扬正气，推动社会发展进步。

9

藏西门巴

去藏西阿里之前，我就被告知，青藏高原是世界屋脊、地球第三极，阿里则是屋脊上的屋脊，千山之祖、万水之源、亚洲水塔，是印度河、恒河、雅鲁藏布江的源头。那里平均海拔 4500 米，风吹石头跑、四季穿棉袄、氧气吃不饱，不适合人居。大部分内地人没有到过拉萨，而大部分拉萨人没有到过阿里，足以说明阿里的遥远与艰苦。

我问既然不适合人居，为什么不把当地人迁往山清水秀的地方呢？对方说，那里地处西亚和南亚交会处，是祖国西南边陲，反蚕食、反分裂、反暴恐任务艰巨，军事位置非常重要。治国必治边，治边先稳藏。边疆稳定了，国家才能和平安宁、繁荣富庶。众多援藏者响应党中央号召，踏着孔繁森的足迹，同土生土长的农牧民和边防战士一样，常年驻守在雪域边疆，默默奉献着青春年华，乃至生命。

2009 年 7 月底，我从拉萨搭乘越野车，沿着雅鲁藏布江，伴着喜马拉雅山和冈底斯山古老而遒劲的寒风，一路向西，朝霞满天而行，恢宏日落而息。6 天后，终于看到喀喇昆仑连绵的雪峰，抵达了阿里地区

首府狮泉河镇。这是一座荒芜中的戈壁小城，地貌堪比月球，是青藏高原西部方圆 1000 公里内最大的城镇。当时常住人口不到 2 万人，全地区 7 个县总人口 9 万左右，面积比一个半陕西省还要大。这是我第一次抵达阿里。

我在阿里的采访比较顺利，无论是边防哨所、武警部队，还是当地群众、援藏者，都给予我很大帮助。陕西省第六批援藏医生罗蒙是阿里高原唯一的男性妇产科医生，加之又是汉中老乡，我对他自然多了一份敬重和亲近。

一个阳光炽烈的中午，我到孔繁森小学采访一位武警军官。他的妻子在该校当老师，夫妻俩都是藏族人。聊完工作以后，我多问了一句，孩子上几年级？

妻子沉默不语，军官的健谈也瞬间消散，空气凝固了一般。我以为我说错了话，正准备告辞，他用伤感的语调说，结婚 8 年来，妻子先后 6 次怀孕，5 次流产，好不容易生下一个男孩，出生三天后，因为缺氧，在他怀中死去。

这件事使我对阿里地区的儿童格外留意。走访中惊奇地发现，很少见到成群结队打闹玩耍的小孩，尤其是汉族孩子。我把这一现象告诉罗蒙，他说他也是到了阿里，才明白什么叫生得艰难死得容易。高寒缺氧，生命脆弱，阿里有条件的人，都会寻一处低海拔地区，氧气多一点的地方，怀孕生子。在阿里工作的外地人，上对不起父母，下对不起孩子，中间愧疚另一半，一生都在负疚中生活，这是所有守边人共同的痛。

我心想，怪不得有人说，在雪域边关，活着就是奉献。

末了，我问胡萝卜丝看起来咋这么干呢？他说，阿里的蔬菜水果都是从千里之外的新疆叶城运来的，路上得走三天三夜。这里流行一句话，有钱人吃菜，没钱人吃肉。我张了张嘴，吃净最后一粒米一缕菜。一抬头，就看见了雪粒，打得窗玻璃簌簌作响。不一会儿，车厘子般大小的雪花曼妙飞舞，整个天空和大地转瞬变成了银色的世界，就连悠闲的牦牛也披上了白纱，挪步间飘落朵朵梨花，奔跑的藏野驴，腾起阵阵白雾。这是我人生第一次看见八月飞雪，第一次亲见“雪域高原”这个名词，是如何演绎成形容词和动词的。

云彩绚烂的一个傍晚，罗蒙打来电话，说第二天早上有台剖宫产手术，问我愿不愿意看看，我爽快地答应了。穿上白大褂，进了手术室，站在墙边观察。一个护士提着烧水壶，给罗蒙冲洗双手。他换上深蓝色的手术服，戴上帽子、手套，在手术台前有序地忙碌了一阵后，取出一个体重四斤的女婴。婴儿开始不哭，女医生一手提起婴儿双腿，一手轻轻拍打背部和屁股。稍许，婴儿哭出声来，然后把吸氧管插进婴儿鼻腔里。躺在手术台上的产妇 41 岁，听见孩子啼哭，笑得露出洁白的牙齿，丈夫和婆婆坐在她身边，笑眯眯地看着小生命。丈夫把装有酥油茶的水杯递到妻子嘴边，她偏了偏头，含住吸管。从他们眼里，我看到了热切的希望和浓浓的爱。

手术完毕，罗蒙陪我到病房参观。一对双胞胎新生儿睡得正香，各自躺在长长的山羊毛被子里，细卷儿的羊毛快要触到他们的小嘴，粉嘟嘟的脸蛋比盛开的牡丹花都喜人。罗蒙俯身把羊毛卷拨到婴儿的脖子处。婴儿的母亲是一位 16 岁的牧羊女，由婴儿的外婆陪护。他给外婆和产妇比画，叮嘱如何服药、用餐。离开病房的时候，他再次回头看那两个新生儿，喜悦之情溢于言表。他说阿里高原超过 8 斤的巨大儿很少，双胞胎更不多见，这对双胞胎健康状况良好。我无限感慨，他对新生命的喜欢是真实的，对自己的职业是满意的。

走到过道窗前，看见院子里有人在一个双层玻璃屋前挑水。出于好奇，问他怎么回事，他说阿里地区人民医院是藏西最好的医院，但用水、

用电还很困难，水管冬季会被冻裂，医护人员每天从井里汲水，住院病人也从井里取水，害怕水井结冰冻住，就装了玻璃保暖。医生手术前清洁器械、洗手、消毒，用的热水不是从水龙头里流出来的，而是在火炉上烧好后，装在水壶中，用多少倒多少。医院尚无暖气、没有血库、没有开颅技术。整个妇产科，5 名医生中 3 人没有行医执照，没有助产士。库房里有一台腹腔镜仪器，落满了灰尘，没有人会使用，他正在琢磨。

此后我又两次前往阿里，只在门诊室匆匆一见，不忍心把罗蒙从患者的包围中唤走。可关于他的传说却从来没有中断过。他初到阿里的第一例剖宫产手术，就遭遇了惊悚一幕。刚把婴儿捧在手中，忽然停电，只能借助手电筒和手机照明继续手术。在内地半小时的手术，这一次却用了整整 3 个小时，最终母婴平安。

一位78岁的藏族老人，患卵巢囊肿，送到医院的时候肚子胀得很大，饭也吃不下，家人几乎要放弃治疗。罗蒙分析病情后，决定手术。老人康复出院的时候一下子跪在他面前，这让他心中不安，更感到医生对于牧区患者是多么重要。

2013 年 6 月，他经过精心准备和可行性论证，首次成功开展了腹腔镜微创手术，成功治愈了一例宫外孕患者和一例子宫肌瘤患者，填补了阿里地区微创手术上的空白。

也就是在这年春天，忽然接到他的电话，说三年援藏马上要结束了，已经提交了继续援藏的申请，但没有结果，问我有没有渠道，帮忙打听一下。我打了几通电话，答复是他的申请没有通过，只能回援藏前的汉中市人民医院。又过了两年，听说他在拉萨工作。电话联系，他说最大的愿望是回阿里工作。援藏结束的时候，生活用品和书刊没有带走，目的就是随时回去，阿里的手机号码一直使用，24 小时保持畅通，以前的同事经常询问他技术方面的问题。

连问几个为什么之后，他说内地少了我，还有技术更好的医生为大家服务，西藏的条件太艰苦，能帮大家一点是一点，不想看见婴儿和产妇痛苦地死去，也不想让自己老了以后后悔。

2018年的一天，再次接到罗蒙的电话，声音明显兴奋。他说，杜姐，告诉你一个好消息，我调到阿里地区的人民医院了，这次是作为人才引进去的。祝福之后了解到，他的妻子是汉中一所中学的老师，一个人带儿子，自然反对他二次进藏。但她心中却万般清楚，丈夫早在20岁时就入了党，那时候他还是一名军人，复员后进入医科大学学习，看起来温文尔雅，内心则铁骨铮铮，又有医生和党员的使命感责任心，既然心在高原，只好遂他愿。他的年近80岁的父亲，退休前也是一位德高望重的妇产科医生，母亲是儿科医生，对他的选择非常支持。他的儿子曾写过一篇作文，叫《不称职的父亲》。后来看过他的一些工作照和患者的照片，儿子心中的怨恨消除了，希望将来报考医科大学，同父亲和爷爷、奶奶一样，救死扶伤，为民服务。

2021年春节刚过，我给罗蒙微信上留言，问他是否回汉中了，如果路过西安一起聊聊。他发来一段手术室的视频，其中一位医生竟然穿着短袖。稍后通了语音，他说大年初五就回阿里上班了，一年休一次假。现在血库建起来了，电力联网以后，用水、取暖都有了保障，医疗条件好多了。

谈及这几年的工作，他说一切正常，没啥说的。我只好联系他的同事张春兰和其他医护人员。张医生说白天太忙了，只能晚上交流。3月底的一天晚上11点54分，她给我语音留言，语句短促，夹杂着呼呼风声，心想尽管西安与阿里时差两个多小时，此时的藏西冰天雪地，也应该是漆黑的夜晚，怎么会在野外呢？

她说由于阿里海拔太高，含氧量低，冬季更低。平时逛狮泉河镇唯

一的百益超市，只在一楼看看，上二楼都困难。白天在手术室和病房忙碌，不觉得难受，午休和晚上睡觉时，必须吸氧，而且是面罩吸氧。如果半小时吸不上，就会憋醒，每天早晨脸上都有深深的勒痕。那呼呼声，就是吸氧时的喘气声。

话题自然回到罗蒙身上，他们亲切地称他为罗老师。随着他们的讲述，一位仁者的形象栩栩如生。

罗蒙是阿里地区医疗界唯一的正高职称，任地区医院妇产科主任。医院既有援藏医生，也有调藏医生，他是最皮实的一个。现在 7 个县都通了柏油路，到拉萨和新疆的公路基本上能全年畅通。7 个县的妇产科医生都有他的电话，无法处理的病例随时请教他，半夜三更被叫醒是常事。地县机关单位一般都有车，重病会送去拉萨或新疆叶城、喀什治疗，来地区医院就诊的病人 99% 是牧民。罗老师在，妇产科就敢接收病情严重的患者，他若不在，就只能将病人送往拉萨。他是阿里地区守护产

妇生命的最后防线。

尽管医院建起了血站，有了血库，但血源仍然经常告急。部队和机关单位来的患者，献血人员阵容庞大，场面感人。远离草场的牧民急需输血时，首先得动员全院职工献血。在救治藏北改则县一名子宫破裂的产妇时，由于患者腹腔大量出血，处于休克状态，而当时血液紧缺，眼看死亡一寸寸逼近，他顾不上手术疲劳和高原反应，撸起袖子献出 400 毫升血。当他和同事们献出的 1400 毫升鲜血缓缓流入患者身体的时候，命运之神降临，患者获救了。2019 年 7 月，从普兰转来的一位妊高征产妇，术后出现大出血，病情同样危急，手术是他做的，恰好都是 A 型血，他又献了 400 毫升血。在地区医院工作期间，他先后 10 次献血，每次都是 400 毫升，总献血量相当于成年男子换了一次血。

西藏和内地一样，生态保护工作抓得紧，退耕还林、退牧还草任务艰巨。城镇建起了安居房，让山上的牧民搬下来居住，狮泉河镇所在的噶尔县，就有许多牧民。住在城镇的牧民比牧场的纯牧民就医方便，但产前检查意识不高，不到万不得已不进医院，孕产妇的妊娠高血压疾病发病率高，低压缺氧环境给救治增加了难度。每一次手术都是和时间赛跑，和死神较量，都是对医生医术、毅力、体力的考验。

在救治一位转来的双胎、妊高征患者时，由于患者术后并发颅内出血，危及生命，罗蒙连续三天三夜，守护在病房，随时查看病情变化，及时施救，70 多个小时后，患者终于脱离危险。2019 年，一位 34 岁的宫外孕妇女腹腔出血，刚进手术室，心跳就没有了。他一秒钟都没有犹豫，立即进行胸外按压，足足压了 40 多分钟，硬是把病人从死亡线上拉了回来。他却累得一屁股坐在地上，脸色苍白，双手发抖。张春兰说，若是自己的话，按压 15 到 20 分钟，如果没有转机，可能就会放弃。同事在一旁看得目瞪口呆，即便是内地，这也是绝对的奇迹。近 50 岁的他，依然保持着党员作风、老西藏精神，也挑战了生命极限。

2020 年 8 月，罗蒙到地处羌塘无人区的藏北措勤县达雄乡巡诊。这个乡也是地区医院定点帮扶单位。听说乡上来了高明的医生，牧民们纷纷骑上三轮车、摩托车前来就诊。其中一个两三岁的男孩尾椎骨溃疡了巴掌大一块，五分钱硬币那么大的骨头露在外面，翘出来的骨头已经被家长用剪羊毛的剪子剪掉。他邀约孩子到地区医院治疗，孩子的父亲嫌太远，说带孩子到乡上来，还是搭蹭别人的三轮车，开了三四个小时才到的。

回到狮泉河镇以后，罗蒙自费买了中药材和药油，研磨调制成药膏，请帮扶达雄乡的同事带到乡上。由于牧场没有手机基站，牧民又经常转场，因此只能捎去话，请孩子家长来取，并交代如何涂抹。前后带过三四次药膏，三个月以后，小孩溃疡完全愈合。直到现在，家长都不知道是谁治好了孩子的病。如果不是他请人带药，同事也不知道这件事。

任何一家稍有规模的医院，接转病人普通又平常，但在藏西这个茫茫戈壁、雪山横亘的地方，冰河、雪崩、冰雹、暴雪、泥石流、沙尘暴防不胜防，野牦牛、藏羚羊、藏野驴、棕熊、狼随处游荡，一个县与一个县相距三四百公里，动用一次 120 救护车，从各县医院接危重病人到地区医院救治，或从地区医院转送病人到拉萨或叶城、喀什，都是一件艰辛的工作。柏油路修通以后，从狮泉河镇到拉萨行车 20 多个小时，到叶城和喀什虽路程稍短，但要翻越喀喇昆仑山多个达坂，山高路险弯道多，费时也是 20 多个小时。冬季气温零下二三十度，风雪交加，路面结冰打滑，行车风险更大，曾经不止一次发生过 120 救护车车毁人亡的事故。科室医生一般换着接转病人，但接措勤县和札达县的病人，转送拉萨的危重病人，罗蒙一定亲自接转。措勤和拉萨因路途遥远，地貌单一，司机容易驾驶疲劳，汽车和人一样，也会发生高原不适，油路水箱容易结冰，稍有不慎，后果难料。札达县城地处喜马拉雅山脉腹地，进出县城至少得翻越两个 5100 米以上的达坂，有一段路简直像挂在悬崖上，峰回路转，连转几十个弯。一个冬天，他到札达县接病人，刚上达坂就开始狂吐，为了赶时间，就吐在塑料袋里。见到病人，简单地处理一下，抬上车就往回赶，路上要过十几公里纯纯的冰面，直到把病人送进手术室，他才靠在椅子上，脸色铁青，一动不动。从 2010 年援藏到现在，罗蒙已经能说简单的藏语，和病人互动交流非常顺畅。康复出院的病人和家属经常竖起两个拇指，笑容灿烂，向他表示感激。有人说他是藏西门巴。门巴的藏语意思就是医生，也有菩萨的意思。

调藏工作以来，他先后接诊病人 4000 多人次，抢救 100 多人次，手术上千台。参与妇产科科研工作及国内外相关学科研究，加强医护人员培训，教授仪器使用和临床诊断治疗方法，带出了一支能够独立完成三类手术的医疗团队，有效地保证了患者的生命安全和治疗效果，扭转了孕产妇死亡率居高不下的局面。他在阿里高原的威望也越来越高，被授予“全国对口支援西藏先进个人”，2019 年被中宣部评为“最美支边人物”。

正因为有罗蒙这样一大批大爱无疆、有责任有担当的优秀共产党员的共同努力，2018 年 12 月，阿里地区人民医院获评 “三级乙等”综合医院，结束了全国唯一没有评三级医院的地级医院历史，创造了生命禁区的新神话。2022 年 7 月，再次电话联系他，爽朗的笑声令我感动。他告诉我，电力联网以后，雪域高原发生了许多变化。狮泉河镇和各县城实现集中供暖，供暖时间是 10 月 1 日至次年 5 月 20 日左右。集中供氧，孤寡老人和孤儿集中生活，公路硬化里程逐年提高，阿里飞往拉萨和喀什的航班每周都有，移动信号覆盖到所有长期定居点。大棚中不但能收获蔬菜，还培育出草莓、车厘子、猕猴桃、西瓜。

令人欣喜的是，阿里地区人民医院已经能顺利开展腹腔镜、无痛分娩、开颅、心脏介入、恶性肿瘤等手术。2022 年 6 月 15 日，阿里地区人民医院传染病院区成立，标志着全地区首家传染病院区正式投入使用。

10

哈达献给你

为了进一步提升西藏医疗卫生水平，中共中央组织部、国家卫健委等部委于2015年6月，启动实施了医疗人才“组团式”援藏工作。截至2018年7月，先后有三批519名医疗援藏者，躬身践行老西藏精神，以“救死扶伤、护佑生命”为宗旨，上至海拔5373米的普玛江塘乡，远到距离拉萨2000多公里的阿里地区日土县，爬雪山、沐风雨，把党中央对西藏各族群众的关怀送到千家万户，谱写了一曲民族和谐团结的赞歌。

疾病与人类相存相依，医疗援藏由来已久。

1950年10月，十八军到达昌都，卫生人员开始为昌都群众治疗疾病，昌都的医疗卫生工作逐步发展起来。1955年初夏，昆仑山和喀喇昆仑山依然被大雪覆盖，由卫生部派出的一支6人医疗小组，从北京出发，经新疆前往阿里，却在喀什无法前行。南疆军区组织一支500多头毛驴的运输队，由一个排的兵力护送。他们冒着风雪、冰雹、寒冷，日夜兼程，6月15日到达阿里，为阿里送去粮食、药品、医疗器械、日

用百货。12 月，小组成员同部队医生合作，在帐篷里，成功进行了阿里地区第一台剖宫产手术。

1973 年 7 月，在周恩来总理的关怀下，卫生部组派辽宁、山东、河南、湖南、湖北、上海、江苏、四川 8 省市医疗队援藏，实行“分片负责、定期轮换”的办法，帮助西藏各地开展医疗、科研、教学等工作。1976 年，辽宁省医疗队在海拔 4800 多米的藏北聂荣县，成功为藏族牧民实施了肝包囊虫摘除和肝脏部分切除手术。1978 年，丁青县人民医

院在四川医疗队的指导下，成功为一名藏族妇女切除了重达 15 公斤的卵巢囊肿。自治区人民医院、拉萨市人民医院等，先后开展血透、腹腔镜手术、远程医疗等新业务、新技术。截至 1983 年，8 省市累计派出进藏医疗队员 2166 名。

几十年过去了，在广袤的藏西高原、藏南谷地、藏北羌塘，年长的农牧民依然延续着对来自遥远内地医生的亲切称呼——中央医生。

截至 2018 年夏，国家先后选派 8 批医疗人员进藏工作，医疗援藏成为重要内容。

2015 年 6 月，医疗人才“组团式”援藏工作开始，国家确定北京协和医院等 8 家牵头单位和 65 家包科医院，对口支援西藏自治区人民医院和 7 家市地人民医院。北京、辽宁、上海、安徽、广东、重庆、陕西 7 省市，先后选派 3 批 519 名优秀医疗人才进藏工作，使西藏各族干部群众的医疗卫生条件发生了历史性进步。

一、抢回来的生命

2015 年 9 月，普兰县民警其美多吉在执勤时，因外伤造成闭合性颅脑损伤。15 个小时后，被紧急送到阿里地区人民医院抢救，医院及时组织专家会诊。由于伤势严重，病情危急，为避免转院过程中对患者造成二次伤害，经过反复论证，决定对患者实施“右额颞硬膜外血肿清除 + 去骨瓣减压”开颅手术。手术由来自陕西的第一批“组团式”援藏专家魏亚辉主持。经过 4 个小时的全力抢救，手术圆满成功，患者脱离了生命危险。此手术是阿里地区医院开展的第一例颅脑外伤手术。医院专门成立了特护小组，对患者进行 24 小时看护，经过 3 天的持续观察治疗，患者病情逐渐好转。该手术不仅开启了阿里颅脑外科手术的新篇章，也标志着阿里在颅脑外伤等脑外科疾病领域的救治能力得到全面提升。

孙永安来自北京大学第一医院，是医疗人才“组团式”援藏首席专家，任自治区人民医院神经内科主任。这也是整个西藏唯一有神经科的医院。他的主要工作在本院，但业务遍及自治区各家医院，讲座、出诊、调研是常事。

2017 年 7 月 29 日，孙永安随第三批“组团式”援藏人员到岗。上班第一周，就被接到拉萨另一家医院会诊。患者小杨 19 岁，两天前，小杨一觉醒来突然感觉双下肢麻木。当时没有太在意，次日清晨，不适感加重，逐渐从双下肢向上发展到胸部，同时出现双下肢无力，大小便不能控制，逐渐不能行走。他经过详细了解病史及查体，诊断为急性横惯性脊髓炎。这种病多发于青壮年，起病较急，两三天内达到高峰。如果不及时治疗，很可能会终身瘫痪，大小便失禁，复发风险大。

小杨很快被转入自治区人民医院。经过孙永安的精心治疗，他在第五天感觉从肚脐向下，双下肢力气逐渐恢复。第七天可以下床站立，但不能行走。第十天可以缓慢行走，两周以后，可以完全自理，并愉快出院。一个月后回访，小杨基本恢复到原来的状态。

李军是自治区人民医院消化科主任，住在与自治区人民医院一墙之隔的家属区，两室一厅的单元房住着她和另一位援友。

她是土生土长的北京人，博士毕业后一直在北京大学第三医院工作，曾到日本留学一年。原本是肠道方面的专家，为了圆自己的援藏梦，她扎扎实实学了一年内镜下治疗技术即 ERCP，以治疗藏区普遍的胆胰疾病。进藏后在自治区人民医院带了两名徒弟，一个是藏族医生扎西，一个是藏二代王中华。两人技术提升很快，从老师做，徒弟看；到老师教，徒弟做；再到徒弟做，老师看，直至两位徒弟能够独立完成手术。

2018 年初春的一天，李军去拉萨市人民医院会诊。刚到病房，扎西就从自治区人民医院打来电话，说就在拉萨市人民医院急诊科，有个化脓性胆管炎患者，请求紧急会诊。患者是一位藏族中年妇女，名叫格

桑卓嘎，高热、脸色苍白、神志淡漠、生命体征不稳定，靠静脉升压药维持着血压，病情极其危重。通过CT 检查发现胆总管下段有个阳性结石，是典型的急性重症化脓性胆管炎，感染中毒性休克，是急诊 ERCP 的绝对指征。当时患者的凝血功能很差，手术会有很大风险，但是患者无法等到凝血和全身情况纠正后再做手术。李军决定马上做 ERCP 抢救患者。患者血压不稳定，又正值晚高峰，怕路上堵车，转回自治区人民医院风险会更大，只能就地手术。拉萨市人民医院有做 ERCP 的设备和条件，但许久没人用过，李军对这里的设备和各项保障条件并不熟悉，而且是傍晚 7 点，有的工作人员已经下班。好在拉萨市人民医院积极协调，热情配合，各项准备工作很快就绪。手术过程虽然艰辛但很顺利。她和王中华一起，成功放置了鼻胆管，引流出大量脓性胆汁，病人的体温很快下降，血压也恢复了正常。患者病情稳定以后，转入自治区人民医院，再次做了 ERCP 手术，彻底取出了胆道结石。

病情好转的格桑卓嘎，每次见到李军总会双手合十，念叨着“度母，门巴，图吉切”。格桑卓嘎的笑容感染了李军，她对自己说，治病救人是医生的天职。国家花费大量人力财力，派来医疗专家，目的就是建设健康西藏、幸福家园，需要感谢的是为百姓着想的党和政府，他们才是真正的活菩萨。

李军非常珍惜援藏时光。她知道春节前是消化道出血的高发期，为此调整了休假时间，放弃了常规的 2 月份休假，一直坚守到大年三十。就在春节前的一个周末，一位僧人被送到医院，突然出现大量呕血，血压下降，需要做急诊胃镜。当时她正外出，接到电话迅速赶回医院，顾不上安慰患者，也不敢让他进手术室，怕稍微挪动出血更多，便把设备推到床旁。胃镜下发现，病人患了少见的 Dieulafoy 溃疡，一个小动脉断端正不断往外喷血，她立刻进行了血管夹闭术处理，成功止住了出血，挽救了患者生命。

李军说，通过“院包科”援藏模式的推进，ERCP 技术已经在西藏生根发芽，像格桑花一样盛开在广袤的雪域大地上。

格桑花也结出丰饶的故事。辽宁省第二批援藏医生迟寿军和肖明明是两位博士，终身大事让各自父母操碎了心，却在辽阔的藏北那曲结缘，并选择藏历新年初一，即 2017 年 2 月 27 日登记结婚。当地群众为他们献上哈达，敬上青稞酒，祝福他们像唐古拉山顶的终年积雪一样，爱情甜蜜，白头偕老。

二、最初的温暖

“苦在那曲，远在阿里”是西藏人的口头禅。“冬季和大约在冬季”，则是对那曲气候的写照，被喻为“生命禁区”。六月飞雪七月冰雹，风吹石头跑，四季穿棉袄，氧气吃不饱，是艰苦的源头。在这片高寒之地，辽宁省第二批“组团式”援藏首席专家李玖军，顺利地完成了首例早产儿高胆红素血症换血治疗，在海拔 4600 米的高原乃至全自治区都是首例。这一技术，填补了藏区新生儿救治技术的空白。

2016 年 8 月 15 日，儿科专家李玖军在大查房时，了解到危重患儿米琼之女，胎龄 33 周，体重 2 千克，产后 12 天，诊断为早产儿、低出生体重儿。因为血清胆红素高，经过光疗，输白蛋白，碱化血液治疗，疗效欠佳，胆红素指标逐渐增高。当时患儿意识状态不好，呼吸不规律，出现角弓反张体位，提示有胆红素脑病，可能导致核黄疸，即便存活，也可能出现脑瘫、癫痫、智力障碍等后遗症，尽管经过积极治疗，病情仍未见明显缓解。

李玖军知道，最有效的治疗办法就是全血置换，将患儿体内过多的胆红素置换出去，减轻后遗症的发生。家属对援藏专家非常信任，但那曲没有血库，输血困难。正好患儿父亲和患儿血型相同，配型成功，患儿父亲献血 200 毫升，解决了血源问题。因为儿科病房无菌环境及相关设备不足，加之早产儿血流动力学不稳定，若换血速度控制不理想，患儿容易出现休克、心力衰竭、脑出血等并发症，感染风险等不确定因素巨大。尽管李玖军有多年临床经验，但这里毕竟是高海拔地区，所以每一个环节他都亲力亲为。备齐手术物品，完成交叉配血并迅速建立静动脉通路，通过外周动脉抽血、外周静脉输血、同量同步的办法换血 200

5000KM
西藏拉孜
318国道
上海人民广场
上海第三批援藏拉孜小组　2003年10月建

毫升。其间密切监测患儿生命体征变化。换血过程中患儿体征平稳，历时两小时换血成功。

如此小胎龄的早产儿换血，创造了生命奇迹，当地医护人员第一次见证了新技术的开展和新生儿换血技术的神奇疗效，倍感振奋，希望精进医术，为藏北儿童的生命健康保驾护航。

昌都患者德吉，永远也忘不了 2017 年 3 月 19 日这一天，来自重庆的援藏医生吴琴把她从死亡线上拽回到鲜活的人世间。当时是周末下午 1 点多，吴琴突然接到值班医生打来的电话，一名孕妇突然大出血，出血量达 2000 多毫升，并出现失血性休克。她立即赶到医院，一边指挥值班护士建立静脉双通道补液及静滴缩宫素促宫缩止血，一边召唤全院的麻醉科、手术室等抢救小组成员到位。各个科室分工协作，各司其职，一切就位后，由她主刀在全麻下进行剖宫探查术。经过两个小时的抢救，患者的生命体征逐渐平稳，转危为安。

由于农牧民保健意识差，末次月经、怀孕时间一概不知，产前检查基本不做，重度贫血、胎盘早剥、早产、滞产胎儿也没有系统筛查，出生缺陷儿的发病率较高，农牧区急危重症孕妇较多。加之藏东地处横断山脉和金沙江、澜沧江、怒江流域，山高谷深，交通不便，患者赶到昌都经常是晚上，医护人员就得连夜抢救。医院妇产科医生少，多为刚毕业的学生，缺乏临床经验，能主刀做剖宫产手术的住院医生、一线医生、二线值班医生均少。吴琴便负责本地医护人员传帮带工作，教妇产科医生识别危急重症孕产妇和高危新生儿，教助产医生床旁 B 超和胎心监护，尽早了解胎儿宫内情况，以便及时处理，减少孕产妇死亡率，改善围产儿预后，手把手指导开展阴式子宫肌瘤切除术等新技术。

在所有“组团式”医疗援藏者中，吴琴还是第一位带着女儿来援藏的专家。2016 年 7 月，她不顾家人担心，将 1 岁多的儿子寄养在阿姨家，把年迈的父亲托付给爱人，毅然带着8岁的女儿奔赴青藏高原。

有人问她为什么来援藏，她深情地说：我是大山的女儿，深知边远地区群众的疾苦，应该将所学的知识服务于缺医少药的人们，给幼小生命最初的温暖。

山南，因为位于冈底斯山至念青唐古拉山以南而得名，首府是泽当镇。山南是西藏古文明的发祥地之一，历史悠久，文化灿烂。大约在四五万年以前，雅砻一带就有藏族先民繁衍生息。这里也是松赞干布的故乡，藏王墓也在此地。西藏第一块农田、第一座寺庙雍布拉康，就在这里。

谢业丽至今记得第一次走进山南市人民医院产房的情景。第一间房里放着破旧的床和杂物，隔壁是两间空房子，然后才是一间产房，三张产床。家属随便出入，没有任何隔离措施，感觉还不如20年前安徽老家的县医院条件。

上班不久她发现，这里的妊娠合并梅毒和妊娠合并乙肝比较多，便向院领导提出改善产房的想法。2017年10月18日，院里成立了西藏自治区唯一一家分娩中心，由待产室、普通分娩室、隔离分娩室、急诊手术室、无痛分娩麻醉间组成。12月又成立了山南市危重症孕产妇救治中心。

2018年4月的一天，距山南两个小时车程的加查县，一位26岁的藏族孕妇因为大出血前来就诊。检查结果是宫颈部妊娠，胎盘植入，血色素只有14克，一直处于休克状态，不能搬动，只能就地手术。这种情况即便是在内地，救活率也相当低。原来孕妇于6个月前剖宫产生下一个孩子，产后2个月再次怀孕，自己却毫不知晓。为了保命，只能取出死胎，切除子宫，这台手术由谢业丽和郭娟两人完成。

郭娟的祖父曾经是十八军的一位战士，她属于藏三代，是本院的产

科主任，师从谢业丽。2017 年至 2018 年夏，孕产妇院内无一例死亡，对此成绩，师徒二人非常欣慰。

2017 年 11 月 13 日，一名患儿出生的时候全身染满胎粪，呼吸极度微弱，又合并气胸，生命危在旦夕。和谢业丽一起援藏的儿科主任戴立英立即进行抢救，经过精心监护，半个月后患儿脱离氧气，顺利出院。

戴立英的援藏前任李先红，同样来自安徽省儿童医院。2017 年 3 月 30 日，首次收治一名孕周仅为 28 周，出生体重只有 900 克的早产超低出生体重儿。手把手指导值班医师，给患儿入暖箱保暖，吸痰清理呼吸道，纠正酸中毒，维持血糖、血压及内环境稳定等措施。通过及时治疗，患儿于 4 月 10 日顺利停止无创正压通气，体重增加到 1325 克。

在山南市人民医院一楼大厅宣传栏中，展示着第二批“组团式”援藏医生赵炬的照片。他是安徽省滁州市中西医结合医院口腔科主治医师，主动请求援藏。来山南后第四天突发重症昏迷不醒，不久便走完了 41 岁的生命历程。按照他的生前愿望，肝脏、肾脏等多个脏器移植给了受捐者。

如果把人生比作一条长河，援藏则是生命长河中最绚丽的浪花。站在山南市人民医院大楼窗前眺望，雅鲁藏布江浩浩汤汤，恢宏的昌珠寺映入眼帘。1000 多年前，文成公主曾经在这里驻足修行，促进了汉藏文化交流。如今，赵炬、李先红、谢业丽、戴立英、郭娟们，用他们的精神和作为，续写着汉藏情谊的新篇章。

三、带不走的队伍

2018 年 7 月 4 日正午，雨后的尼洋河宽阔湍急，一路奔腾汇入不远处的雅鲁藏布江，江河两岸青稞苍黄，油菜花盛开，松柏盎然，杜鹃温婉，云雾将喜马拉雅和念青唐古拉山脉缭绕得千姿百媚，风光无限。

林芝市人民医院，红柳依依，贴梗海棠结满小小的木瓜。内科二楼一间病房里，有一对藏族夫妇和一位汉族小伙子，见医生次仁罗布进来，全都冲他颔首微笑。次仁罗布用藏语和妇女交流了几句，然后用汉语询问小伙子用药进食情况。小伙子回答完以后，连着说了两声谢谢。

次仁罗布说：今天精神好多了嘛，三四天以后可以出院。

我追问一句：术后才三天吗？

小伙子和次仁罗布几乎同时点头：是的，7 月 1 日做的手术。

惊讶中，了解到故事的来龙去脉。6 月 30 日中午，在波密工作的 33 岁内地小伙子小王，突然感到胸痛，就近到当地医院治疗，病情没有减轻，反而疼痛难忍，于次日下午赶到 200 公里以外的林芝。次仁罗布和他的“组团式”援藏老师黄晓忠一起，检查诊断小王患的是下壁心梗。病情危急，必须马上抢救，从诊断到术前准备仅用了半个小时。小王刚上手术台心脏就停止了跳动，如果在以往，黄老师会把主刀任务交给次仁罗布，自己在旁边观察指导，这一次却刻不容缓，亲自主刀，次仁罗

布做助手。经过四次除颤、穿刺动脉、放好支架，这位来自黑龙江的小伙子终于起死回生，转危为安。

次仁罗布一直记得独立完成第一例手术的情景，当时黄老师刚到拉萨进行学术交流，一天夜里 12 点左右，接诊一位心梗病人，初步诊断是下壁心肌梗死，不及时治疗，随时会猝死。他立即电话请教黄老师，并微信发送数张图片，在黄老师远程指导下，他小心翼翼地使用溶栓药物，谨慎地打开血管，然后植入支架，病人得救了。手术结束，已经是凌晨 4 点，师徒两人隔着重重雪山，仰望满天繁星，兴奋了好长时间。

令院部和“组团式”援藏专家引以为豪的是，从 2017 年 9 月至 2018 年夏，内一科已经完成 90 多例介入手术，其中支架植入术 40 多例，次仁罗布独立完成了 30 多例介入手术。同期同类手术量在全自治区排名第二。

次仁罗布是地地道道的藏族人。1982 年出生在米林县一个普通农民家庭，初中、高中都在内地西藏班学习，本科毕业于西安交通大学医学院，2010 年进入林芝市人民医院工作，师从广东省第二批“组团式”援藏专家莫海亮和第三批援藏专家黄晓忠。2016 年 3 月至 2017 年 3 月，次仁罗布到广东省人民医院进修，系统学习介入治疗，专业技术水平得到了显著提升，迅速成长为林芝市介入治疗的骨干，带动了人民医院介入治疗水平的整体提升。

次仁罗布的成长经历证明，中组部、卫健委主抓的“组团式”援藏是成功的，“团队带团队”“专家带骨干”“师傅带徒弟”硕果累累。“1+7”医院结对跟学、培训、授课，选派 568 名有潜力的医务人员和 181 名管理人员，到对口支援省市进修锻炼，培养订单式定向医学生 510 人，并与北京大学医学部、四川大学医学部、武汉大学医学部，建立联合培养硕博士研究生、学术科研等长期帮扶机制。2014—2017 年，引进医务人员 1122 人，是 2014 年的近 30 倍。

黄晓忠说，心血管病死亡率高，是对健康危害最大的疾病，在青藏高原很普遍，许多英年早逝者的病因就是心肌梗死。“组团式”援藏以前，西藏只有两三家医院有此技术，而且全都集中在拉萨，这对拥有 330 万人口、面积 120 多万平方公里的西藏来说，路途过于遥远，就诊的确困难。以前，林芝有条件的患者会转到成都治疗，没条件的只有等死，有的会倒毙在转运途中。

黄晓忠于 2017 年 5 月进藏，从 5 月到 9 月，目睹了 30 多个病人因为心肌梗死死亡，其中经手的就有五六人。2017 年 6 月，一位 46 岁的山东女性游客，突发广泛性前壁梗死，救治时没有溶通，抢救几个小时以后还是永远地闭上了眼睛。他对那双眼睛背后的痛与不舍，感到郁闷和内疚。在广东只是一台手术的事，在这里却是有劲使不出。恰在这个时候，广东省给予 8000 万元计划外援藏资金，自治区给予 5000 万元“组团式”援藏资金，购置配齐了 2 台数字化减影血管造影机（DSA），成立了心血管介入室，林芝市人民医院成为自治区唯一一家拥有两台血管造影机的医院。

2017 年 9 月，设备刚投入使用，就来了一位工布江达县的藏族牧民。50 多岁的他，血压很低，不用升压药就会晕倒，看心电图确认已经心肌梗死，造影发现三条血管全部堵塞，用溶栓打通闭塞血管，很快就康复，这在以前是不敢想象的。黄晓忠告诉我，他已经申请延长援藏时间，再干一年，多带几个医生，使他们技术更加娴熟，留下一支带不走的医疗队伍，造福当地群众。

李欣是广东省医疗人才“组团式”援藏领队，任林芝市人民医院院长。他介绍说，2018 年 5 月 19 日，人民医院作为牵头单位，与自治区“1+7”医院等 18 家医疗机构，共同成立了“西藏心脑血管急症救治专科联盟”，作为林芝胸痛中心，与六县一区卫生服务中心签订了合作协议。广州方面捐赠了总价值 180 万元的药品及床旁检测仪。借此机会，建立了西藏心脑血管专科联盟微信群，实现了平台共享、专家共享、临床共享、科研共享和教学共享，从而促进了联盟内成员单位医教研同步提升。成立此联盟，目的是向西藏全民宣传胸痛不能在家里待着，要及时就诊。医疗是民生，连着的是民心，民心是政治。这项组织部长工程，已经显示出卓越成就。

三年来，除“组团式”援藏专家外，每年从广东省柔性引进 50 余名医护志愿者援藏，林芝市人民医院选派 116 名专业技术人员，到广东省支援医院进修学习。林芝市人民医院完成了由依靠“组团式”援藏专家“输血”，到自身“造血”能力不断增强，再到向全区“输血”的格局性转变。

医疗人才“组团式”援藏以来，“1+7”医院 332 种大病不出自治区，1914 种中病不出市地，常见病不出县区就能治疗。医院门诊量、住院量、手术量，分别比 2014 年增长了 17.34%、62.59%、62.59%。全区婴儿死亡率、孕产妇死亡率，分别下降了 6.43‰、6.86/100000。孕产妇住

院分娩率比 2014 年升高了 8.47%。开展三、四级手术 11765 台，危急重症病人抢救成功率达 90.88%，比 2014 年提高 21.52%。连续三年“医患零纠纷、医疗零事故”。2016 年，阿里地区人民医院创成“二甲”，结束了全国最后一个没有评级的地级医院历史。2017 年，拉萨、日喀则、林芝市人民医院创成“三甲”；2018 年 4 月，山南市、昌都市人民医院顺利通过“三甲”评审；2018 年 10 月，那曲市人民医院创成“三甲”；2018 年年底前，阿里地区人民医院创成“三乙”。

“1+7”医院援受双方，三年共同攻关技术难题 811 个，联合申报国家、自治区级科研项目 406 项，推广开展新业务技术 1092 项，填补刷新区域内医疗技术领域空白 741 项。来自北京大学人民医院的罗樱樱教授说，“组团式”援藏把西藏医务人员推向世界，让世界医学领域了解到中国西藏医学的魅力，无论在国际学术期刊还是在国内刊物发表论文，第一作者都是西藏本地医生。他们还于 2018 年参加了美国糖尿病学会年会和亚洲糖尿病学会年会，其中前者代表世界最高水平，这些都是西藏医学历史上不曾有过的辉煌。

四、医疗援藏深入民心

完成“组团式”医疗援藏采访以后，我便多了一份牵挂。每次遇到这样的队伍，我便会主动走近，希望了解更多情况，知道西藏的医疗现状。

2022 年 7 月 31 日，见到了陕西省人民医院神经外科医生曹杰。正当盛年的他，眼睛浮肿，脸色火红。待知道他两天前才从阿里回到西安，结束了为期一年的“组团式”医疗援藏，正处在醉氧期，我才恍然大悟。

在我的请求下，曹杰给我看了一张照片。6 位男士并排站立，4 位穿白大褂的医生位居中间，齐胸举着红面黄流苏的锦旗，其中一位是藏族医生。另外两位便装年轻人，显然是军人。

锦旗内容：医术精湛医德高尚，热忱为兵鱼水情深。赠：陕西省人民医院神经外科援藏医生曹杰。落款：驻西藏阿里边防任务一线部队官兵。时间 :2022 年 7 月 24 日。

从时间推算，在他离开阿里的前几天，获赠了这面锦旗。惊喜之余，疑问一个个冒出：部队有医院，为什么要送到阿里地区医院就诊？患者来自哪里？恢复情况如何？随着他的讲述，再次去往远方。

曹杰说“组团式”医疗援藏开展以来，内地多家医院专家来到西藏，除了在医院坐诊手术以外，还定期到农牧区义诊，众多患者得到良好救治，口耳相传，名气越来越大，逐渐成为一张响亮的名片。就连无人区的牧民，都知道看病找专家，部队官兵更是如此。

一位 20 岁的军人，来自广西，在青海当兵，换防到阿里边防，从 2 米多高的工事上掉下来，脑部积血，偶有意识。从哨所送到地区，已经是深夜，曹杰接诊。按照常规，应立即做开颅手术。但部队领导不同意，如果开颅，不一定能保命，之前是有教训的。如果牺牲，家属也接受不了。他斟酌再三，在用药的同时，观察了一天，积血稳定以后，做了锥流血肿引流术，在耳朵上方位置打了一个眼，半小时完成。两天后，战士已能下床行走。

一位 60 多岁的革吉县牧民，遭遇车祸，颅内积血，尿崩严重，曹杰为她做了开颅手术，治愈出院。过了一段时间，处理那起车祸的交警惊奇地对他说，老太太还活着，奇迹！奇迹！

据他介绍，由于医务人员经常下乡巡诊，便携式 B 超机普及，方便筛查病症，做到早发现早治疗，患包虫病等疾病的患者越来越少，但高原性高血压、高原性低血压、高原性心脏病、肠胃缺氧等病症，还是普遍。

11

援藏干部

一、他从昆仑来

广袤的西藏大地，风采妖娆。藏北的辽阔与苍凉、藏西的遥远与伟岸、藏东的苍翠与绮丽、藏南的历史与文明，使西藏具有超凡的魅力，吸引着全世界人民的目光。独特的地理位置、高寒的气候条件、恶劣的自然环境，使得西藏与内地经济发展存在差距。中央政府和内地各省市，从干部、资金、技术等方面，对西藏进行全方位援助。

一批批援藏者走了，一批批又来了，既有男性，也有女性。他们青发而来，白发而去，饱含激情而来，心怀感激离开，带走的是西藏人民的鱼水之情，留下的是老西藏精神。他们将青春，甚至生命和后代，都奉献给了神奇的西藏。

孔繁森就是这支队伍的杰出代表。

无论在西藏还是内地，只要提起援藏，人们都会说起他。狮泉河镇，有孔繁森路、孔繁森小学。不止一次，听人说孔书记来过这里，孔书记

民的好公仆——孔繁森
向孔繁森同志学习
江泽民
一九九五年四月七日

说过什么。开始还犯糊涂，几秒钟后恍然大悟，孔繁森无处不在啊！

阿里地委大院内，有一排连体红色两层小楼，孔繁森生前就住在靠边的一户。我专门走近看过，门上挂着一把黄色铜锁。敲开另一家的门，发现进门是个 10 平方米左右的院子，青草干瘦，毫无生机，然后才是正房。

李玉建是孔繁森在阿里工作时期的地委副秘书长。两人同为山东老乡，也是一位援藏者。他 17 岁从老家到阿里，后来任日喀则市副市长，2022 年从那曲市人大副主任位置上退休，回到内地颐养天年。他是山东聊城孔繁森同志纪念馆名誉馆长。以孔繁森为标杆，放弃调到山东和拉萨等低海拔地区工作的机会，40 年始终坚持在高原工作。他说一定要坚守孔繁森精神这个阵地，让孔繁森精神这面旗帜高高飘扬，让人们从他身上看见孔繁森的影子。他在多地宣讲孔繁森精神，反响强烈，影响了很多人的世界观、人生观、价值观，改变了许多人的人生轨迹。

他对我说，孔繁森是一个大爱无疆的人，对党无限忠诚，服从组织安排，对群众热爱，对干部关心。共产党人的最高境界是爱人民，他做到了。

孔繁森1944年出生于山东聊城，是孔子第74代孙。1979年，国家要从内地抽调一批干部到西藏工作，时任聊城地委宣传部副部长的孔繁森欣然赴藏，担任日喀则地区岗巴县县委副书记。在岗巴工作3年，他跑遍了全县的农区、牧区，与藏族群众结下了深厚友谊。1981年奉调回山东。1988年山东再次选派进藏干部，孔繁森第二次赴藏工作，担任拉萨市副市长，分管文教、卫生、民政，跑遍了全市所有公办学校和一半以上的村办小学。为结束尼木县续迈乡等3个乡群众易患大骨节病的历史，他多次爬到海拔近5000米的山顶水源处采集水样，帮助群众解决饮水问题。每次下乡，都带一个医疗箱，工作之余给农牧民看病。他还收养过3名地震孤儿。1992年底任阿里地委书记。1994年11月29日，在新疆塔城地区考察途中遭遇车祸，不幸以身殉职，终年50岁。

死后，他的骨灰分别安葬在山东聊城和西藏拉萨。阿里人民为了纪念他，在狮泉河烈士陵园为他修建了衣冠冢。墓碑联总结了他一生的功绩：一尘不染，两袖清风，视名利安危淡似狮泉河水；二离桑梓，独恋雪域，置民族团结重如冈底斯山。

孔繁森是新中国成立以来继雷锋、焦裕禄之后，宣传力度最大的英

雄模范人物。他的事迹深入人心。从此以后，阿里与孔繁森的名字紧紧相连。

很多场合，与人说起阿里，总有人一脸茫然，但说起孔繁森工作的地方，就恍然大悟。

一位曾经的援藏领队对我说，他特别能理解孔繁森为什么再次援藏，就是因为他有共产党人的坚定信念和奉献精神。身处平均海拔 4500 米的阿里高原，就是躺着不动，也会心慌气短、头痛脑涨，失去高级思维。阿里人个个都是孔繁森，都是高原翱翔的雄鹰。

1994 年 7 月，中共中央、国务院召开第三次西藏工作座谈会，确定了“分片负责、对口支援、定期轮换”的援藏方针。从 1995 年全国开展对口支援西藏工作以来，共有 18 个省市、66 个中央和国家机关部委、17 家中央企业承担了援藏任务。在国家计划之外，军队医疗、新闻媒体、教育和旅游等系统也派出人员援藏。

阿里地区，由河北、陕西两省对口支援。河北省援藏干部在阿里地区各级党政机关及日土、札达两县担任领导职务，陕西省援藏干部在阿里地区各级党政机关及普兰、噶尔两县担任领导职务。

截至2022年，两个省共派出10批援藏干部，每届三年，每批人员从10多人到80多人不等。“组团式”医疗援藏人才、“组团式”教育人才、短期援藏干部也不少。

2001年中央第四次西藏工作座谈会以后，革吉县由中国联通援助，改则县由中国移动援助，措勤县由国家电网公司援助。

陕西省、河北省以及中国联通、中国移动、国家电网公司，对阿里地区援助了数亿元资金，7个县均受惠。这其中，农牧民生产、生活得到很大提高，航运、公路、城建、住房等基础设施得到很大改善，卫生、教育、文化等社会事业得到空前发展。

这些援藏干部，大多数正当盛年，在内地有一定的社会地位、社会关系和经济基础。他们上有老下有小，家庭幸福，衣食无忧，但他们怀抱理想，孤身一人来到西藏，乃至阿里，一干就是几年、几十年。他们克服高寒缺氧的煎熬，自然环境、人文环境的变化，心灵的孤独，身体的寂寞，亲情的缺失，友情的远去，将新的理念、新的工作方式、大量资金，带到援助地，以战天斗地的豪情壮志，在援助地创造着一个又一个奇迹，为边疆稳定、民族团结、干部队伍培养，做出了举世瞩目的成绩。

习近平总书记对此有过高度评价。他指出，援藏精神是中国共产党的一个崇高精神，是中国特色社会主义的一个显著优势。缺氧不缺精神，这个精神就是革命理想高于天。

二、一级战备下的李龙

在西藏漫长的边境线上，有一个叫都木契列的口岸，那里冬季白雪皑皑、雄宏圣洁，夏季短暂温婉、寸草不生。以狮泉河为界，河的这一边，是中国西藏阿里地区日土县。河的对岸，是印度实际控制区。狮泉河碧水长流、娇媚生辉，最窄处只有17米。都木契列，是日土县350公里边境线上，对外通道之一。

2008年7月5日，微风习习的狮泉河对岸，陆续有人聚集，并在河边扎起了帐篷，嘈杂声、喊话声逐渐高涨，人数迅速上升到2000多人，帐篷100顶左右。我边防军发现情况以后，立即上报给西藏军地联合指挥部。

李龙，河北省第五批援藏干部，日土县县委书记。这位生在燕赵大地，长在和平年代，从来没有边防工作经历和军事经验的河北汉子，面临着巨大考验。从日土县城到都木契列口岸120公里，全是沙石土路，沟壑相连，越野车单程行驶需要四个多小时。

军地联合指挥部调来部分部队。民兵、武警、公安在一线，部队在二线。他们搭1顶帐篷，我们搭2顶帐篷，他们有1个人，我们有2个人，多出他们两倍人员。同时启动两架直升机，在空中巡逻，目的是形成强大的军事势力，震慑住对方。

西藏自治区的批示，提出三不政策，即不上当、不流血、不吃亏。

根据这个决策，有关方面做出严密部署，武器弹药装备、兵力调动等等都有计划。比如在哪个山口引他们，在哪个山口堵截。战争一触即发，事态进入一级战备。

整整对峙半个月。经过多方努力，他们才陆续撤走。

在这种大环境下，县委书记李龙，白天驱车赶到边防一线，组织民兵、武警，与军队协调工作，密切关注对方行动。晚上，赶回县城，安排布置全县工作，把县上干部职工组织起来，24 小时昼夜巡逻。战争一旦打响，日土县就是前线，必须保证全县 8000 多人的生命和财产安全。

李龙说，刚开始，还是有些惧怕，后来就不怕了，也顾不上想生与死的问题。

2007 年 7 月，李龙从河北省援助阿里，刚到日土，就给他来了一个下马威。

这个时候，阿里地区首次证实，爆发了小反刍兽疫疫情。疫情刚发生的时候，人们非常紧张，只要是羊，得病必死，对牧区造成很大威胁，牧民们惶惶不可终日。为了控制疫情传播，必须对病羊进行捕杀。

县委、县政府立即采取措施，在通向克什米尔地区、印度、尼泊尔以及通往新疆、青海的道路上，进行封锁控制，采取隔离措施，把病区隔离起来。在所有措施中，捕杀羊，是最难的工作，也是最不忍心干的事。

羊是老百姓的命根子，老人拦在羊圈门口，哭天喊地，声称要杀羊先杀人。历时一个多月时间，他们通过会藏语的干部翻译，给一家一户讲道理，言明利害。其中有七天七夜，李龙和他的同事们，在一个羊圈与一个羊圈之间奔波，在一户牧民与一户牧民之间走动。喝不惯酥油茶还得喝，吃不惯糌粑就得饿肚子。没有水洗脸，没有换洗的衣服，硬着头皮还得坚持。

2007年9月，小反刍兽疫疫情在阿里地区日土县、改则县、革吉县、札达县均有发生。经过各县采取一系列有效措施，疫情得到控制。

边境一线主要武装力量就是民兵。为了加强民兵队伍建设，县上从援藏资金中抽出500万元，建立了民兵训练基地，组织全县700名基干民兵，每年轮训一次，增加军事技能、军事常识，提高生产技能、劳动技能。以前，老百姓只会拿起鞭子放羊，放下鞭子喝酒，不理发、不洗澡、不刷牙、不剪指甲。来到训练基地，从生活习惯、文明卫生上改变他们。

基干民兵中，有男人，也有女人。在这里，他们相互认识，学到知识，结下友谊，甚至是爱情。他们像星星火炬，传播在戈壁、雪山、草场、帐篷间，通过他们，带动更多人，点燃了边疆文明的火花。

三、雪山下的紫花苜蓿

2011年5月29日，是个星期天。陕西省第六批援藏干部程文杰，带着我和地区医院的罗蒙医生，到离狮泉河镇50多公里的昆沙乡，参观噶尔县农业科技示范基地。

还没有到基地，远远就看见一片嫩绿，又一片嫩绿。更远的地方，有人在给大地覆盖塑料薄膜。一人多高的树木，列队般欢迎着我们。

走到近旁，才发现那绿色，就是紫花苜蓿，只不过是少女时期的模样，娇嫩、含蓄、低眉信手，有的叶片卷着身子，含苞欲放的样子。苜蓿地，既像田，又像地，规规矩矩，方正有序。田地间的小沟渠里，流淌着细微的雪山融水，悠闲缓慢，安安静静。

连绵起伏的喜马拉雅大雪山和寸草不生的冈底斯山，气势恢宏，巍峨壮观，但毫无生机。程文杰说，七八月间，苜蓿长到半人高，开着紫色的花朵，那个时候，会是另一番景象。高处的雪山，远处的戈壁，近处的花朵，飞翔的雄鹰，悠闲的黑颈鹤，置身其间，都不敢相信，这是在海拔 4300 米的西藏噶尔县昆沙乡。

苜蓿地头，一个个草垛吸引了我的目光。谁会相信，那竟然是头一年的苜蓿草垛。揭开上面一层风干的黄色草茎，下面的草居然是翠绿的、水绿的、新绿的。绿的草尖上，顶着紫色花朵，那花儿，标本一般，扁扁的、干干的、鲜艳的、沁人心脾的。

小小的紫花，清新的苜蓿草，在噶尔县，在广袤的阿里高原，不单是一种草、一种绿色，她象征着一种精神、一种希望、一种生存方式。

科技示范基地有一院房子，里面住着韩俊文、李强、吕永锋等几位陕北汉子。他们在这里饲养牛羊，播种苜蓿，栽种树木，向当地群众传授技术。他们日出而作，日落而息，黢黑油亮的脸庞上，依然密布着陕北人的淳朴神情。

为了全身心投入紫花苜蓿培育，吕永锋将年轻漂亮的妻子宋雅娟带到阿里，在噶尔县政府食堂工作，辛苦而快乐。

紫花苜蓿，来自革命圣地陕北的紫花苜蓿，承载着怎样的使命，演绎了怎样的故事，还将赋予阿里高原怎样的未来？

这个无与伦比的娇美花儿，与一个男人有关。这个男人叫温江城。温江城是陕西省第四、第五批援藏干部，在阿里地区噶尔县工作过六年。

阿里高原，大部分是农牧业，牧业成分更多一些。牲畜饲草和粮食一样重要，现实却是，春瘦、夏壮、秋肥、冬死。七月草绿，八月草黄，九月下雪。雪灾、旱灾、风灾、冰雹、霜冻、虫害等自然灾害，如影相随，从没间断。

1965年入春，札达县遭受特大雪灾，降雪20余次，持续3个多月，死亡牲畜3.1万头（只、匹），死亡率达40%。

1976年，措勤县遭受特大风灾，牲畜完全不能归圈，帐篷被大风刮得所剩无几，号称高原之宝的牦牛，也被大风卷走100头左右。两群绵羊和山羊共2000只，被大风刮到大湖中。10级左右的狂风卷起沙石，带着盐湖的硝末，染白了草原，染白了帐篷和羊圈。不生红柳的夏东公社，到处都是柳枝。平整的耕地瞬间变成了荒丘，成堆的肥料一扫而光，就连根深蒂固的蒿草，也被连根拔起。

1989年3月，措勤县遭遇强暴风雪袭击，造成成畜死亡1.8万头（只、匹），幼畜死亡3.59万头（只、匹），冻伤牧民群众178人。灾后暴发急性流感，死亡34人。

1997年冬，阿里7个县均遭受了历史上罕见的雪灾，受灾人口达44153人，直接经济损失3亿多元，牲畜死亡92.6万头（只、匹），造成1319户、6694人绝畜。

曾经担任过阿里地区文化局局长的索南群觉，对当年的风沙刻骨铭心。他说，那时候风沙非常大，2米高的房顶上，沙子呼呼地飞过。曾任噶尔县县长的尼玛平措说，当时噶尔县境内的道路每年需要雇用推土机推沙两次。一年到头都是扬沙天，沙子常常堆至窗台高，人们出远门回家，第一件事不是打水洗漱，而是在家门外铲沙。

阿里地区气候干燥，人口稀少，藏野驴、鼠、兔、旱獭等野生动物繁衍较快，与高原毛虫一并危害草场，形成兽、虫灾害，并引发了许多人畜共患的疾病。

风雪冰雹、旱涝虫害，构成了阿里高原恶劣的自然环境。这些灾害，魔鬼一般高悬在老百姓的头顶，时时提防，却防不胜防。这些还不是阿里高原的全部杀手，还有一个美丽的杀手，俗名醉马草，学名冰川棘豆。

醉马草，早于其他牧草长出地面，鲜嫩清香，毒性极强，牲畜非常喜欢啃食。少食则无害，一旦多食，便如醉酒一般步履蹒跚，直至死亡。科研人员和牧民使出浑身解数，也没有能扼制住醉马草的生长。

时任阿里地委秘书长的李玉建向我介绍，阿里草场大部分是高寒草原和高寒草甸。养一只羊需要 80 亩至 100 亩草场。即使在玛旁雍错、班公湖周边的环湖草原，狮泉河、马泉河、象泉河、孔雀河沿岸的湿地和草场，载畜量也是 60 亩养一头牲畜，属于比较合理的状态。可阿里草原实际牲畜存栏量，相当于 30 亩草场养一头牲畜，农牧业生产处于恶性循环状态。

长期以来，阿里地区很少有水草丰美、牛肥马壮的景象，草场广阔而贫瘠。原本可以增加草场肥力的牛羊粪，却被农牧民当作生活燃料。

边境贸易旺季，远方的牧人赶着牛羊来交换青稞、毛毯、盐巴等生活必需品，孩子们背上用红柳枝条编织的筐子，跟着牛群抢拾牛干粪。

你盯几头，我跟几头，牦牛尾巴一翘，便大声抢先声明，嗨，那是我的牛，是我的牛粪。牛粪一落地，便得意扬扬地捧起热气腾腾的牛粪，装进筐里。无劳力的农家，燃料紧缺的时候，一粒一粒，捡拾羊粪。

在牧区，牛羊粪还起着报平安的作用。牧民常常一家一户，居住分散，亲戚邻居之间，远远看见这家人的帐篷冒着炊烟，说明这家人生活正常。如果几天不见帐篷冒烟，说明这家人已经被冻死、饿死，或被野狼吃掉。

好不容易养肥了牛羊，一场暴风雪、一场旱灾，连牲畜带人，全部毁灭，回归自然。脆弱的草场，养育着脆弱的生灵。生命在灾难面前，细微得如同一缕轻风。

毛主席万岁

怎样才能保全人的生命、减少牲畜死亡，一直考验着阿里的执政者。阿里地委行署提出，一产上水平、二产抓重点、三产大发展的发展模式和立草为业、草业先行的农牧业发展战略。可见草业在阿里国民经济中所占的位置。

2005年春，温江城从陕北原单位争取到49万元资金，购买了种子、地膜、化肥、覆膜机、播种机、割草机等，并雇了一辆大卡车，把物资千里迢迢从陕北运到噶尔县，从陕西请来技术人员，在昆沙乡开始人工种草试验。

他至今记得试验初期群众的不信任和不配合。几十亩试验田里，种了大白菜、油菜、青稞、新疆杨、陕北柳、樟子松、披肩草、沙打旺、燕麦草、紫花苜蓿等，共4大类25个品种。很多人等着看他们的笑话，因为噶尔县很早以前实施过人工种草，由于种种原因，收效甚微。

由于使用了地膜覆盖技术，精细化管理，加上阿里高原气候变暖的客观因素，人工种草取得了巨大成功。紫花苜蓿在众多实验品中，脱颖而出，沙打旺和草木樨也表现出了非凡的适应性，生长旺盛，打破了这些草种不能在海拔4000米以上地区种植的理论禁区。人工种草给阿里农牧业带来了革命性的变革，打破了靠天养畜的传统农牧业生产方式。

除了牧草，蔬菜和苗木种植也颇有成效。大白菜被顺利引入，亩产量甚至超过了内地省份。陕北柳和樟子松等树种，也深深扎根于噶尔县的土地。

温江城完成了援藏任务，回到陕北高原。接任他工作的张宇、程文杰、赵海斌、李伟等援藏干部，没有在前任成绩上睡大觉，而是将此项事业做大做强，发扬光大。

程文杰介绍，噶尔县不但在昆沙有大片牧草、苗木基地，在其他几个乡也建起了蔬菜温棚、牧草基地。每亩紫花苜蓿产鲜草2500公斤以上，相当于100亩天然草场的产草量。紫花苜蓿不但产量高，而且在同类饲草中，营养丰富，品质优良。4公斤鲜草风干成1公斤干草，一只羊每天吃2公斤干草，一头奶牛每天吃8公斤干草。一年下来，昆沙乡的紫花苜蓿，就可以饲养10000多只羊和1000多头奶牛。

阿里地区农牧局副局长王福堂，是陕西第九、第十批援藏干部。他向我介绍，今天的狮泉河镇大棚中，不但收获蔬菜，还培育出了草莓、车厘子、猕猴桃、西瓜等。

四、不一样的妈妈

2010年12月底，我在北京鲁迅文学院学习期间，请了几天假，专程去石家庄和保定，采访了几位援藏干部。那是一个寒风刺骨的傍晚，我从石家庄打车去了张惠萍家，见到了她一家三口。

她确实有多重身份，在家里，是老公的妻子，儿子的妈妈。在河北省栾城县委党校，是副校长。在阿里地委党校，是教师。几个身份中，阿里地委党校教师的身份肯定是最特殊的。在阿里党校，她是职称最高者之一，副高职称。

她于2007年6月至2010年7月援藏，属于河北省第五批援藏人员，是过往几届河北省援藏干部中，唯一有女同志的一届。

说起援藏，是偶然，也是必然。张惠萍是河北师范大学研究生毕业，90年代的大学生。当时同学们说，要是能去西藏感受一下就好了，但不能分配到那里工作，如果去了，回不来就麻烦了，去一段时间最好。2007年有援藏机会，她就报了名。父母过世早，又是姊妹中年龄最小的，哥哥姐姐都不同意她去，但爱人很支持，孩子当时10岁。

刚上去大伙都有高原反应，一位老师输液打针，她去医院陪护。这

边还没有好利落，地区电视台一位女同志，也高原反应，要输液，又去陪护。卫生局一位女同志，也住院了。三个人还没有住在同一家医院，她在三家医院连轴转。一连陪护了三个人，这不就成了三陪嘛！其实那个时候，她也不舒服，也难受，也打针。她住院的时候，大伙也来看她。跟大伙处久了，有人评价她，不小气、不小性、不娇气，有爱心。

三年间，她特别幸运，尽遇上好人。一开始，她住的房子是一间小屋。党校大房子盖好以后，一共 6 套，给她分了一套，有厕所，有厨房。学校没有食堂，几位援藏老师一起做饭，其他几个县的援藏干部，一到地区就来党校搭伙，把党校作为一个落脚点。大家在一起感情很深，有的甚至是生死之交、患难之友。

教学方面，跟内地不一样，党校授课任务繁重。内地一年只有两三期班。阿里一年 15 期，还有 19 期的，每期时间最长一个月，最短一个星期。业务上，因为专业比较对口，她把握的度比较好，学校给她的都是政策性比较强、比较敏感、比较热门的课题。领导和学员反响比较好，她还被评为年度先进个人。

2007 年党的十七大召开，她就宣讲十七大。2008 年 以后，她就走单位、到农村，宣讲科学发展观。在私下的干部交流中，了解到机关单位，受过教育的人，从心里还是非常感谢共产党，认识到西藏民主改革以来，给西藏带来了翻天覆地的变化。

在阿里，张惠萍把自己定位成阿里人、党校人。上课去学校，下课也去，和当地老师关系很好。有一次她肠胃犯病，输液两天，上课前，一位当地老师打来电话，说帮她上课。后勤打扫卫生的一位藏族妇女，名叫达珍，送给她一盒冬虫夏草，说她很辛苦，课讲得好，吃了冬虫夏草，会强身健体。党校教师也经常下基层，到各县或其他单位讲党课。由于长途奔波，她有时候胃痛，但看到一双双渴求知识的眼睛，便把教案或茶杯顶在胸口，强撑着上课。学员们对她很热情，送来苹果、花生、红枣、哈达。

没去阿里以前，她的肠胃就不好，上去以后更严重，不能喝牛奶，一喝就拉肚子。反应最厉害的是生理周期紊乱，前半年，四五十天不来一次例假，肚子胀，憋得难受。到藏医院去看病，医生说，生理周期缩短或延长都是女性高原病。

她讲道，有件事压在她心底，一直不能释怀。2009 年春节假期，给爱人看病的时候，发现孩子有病，开始在石家庄看，后来到北京。心理医生一问详细情况，她的眼泪就下来了。孩子患病的时候，正是她援藏后不久。在阿里，有一次正要输液，孩子给她打来电话，她没有接，怕自己哭出声来，就给他发短信，说妈妈正开会。孩子回复，那你忙吧！可能那个时候，孩子就患病了，很孤独，希望她能陪伴，跟他说说话，但她远在天边。

以前都是她接送孩子，放学路上，孩子总是说个不停，现在孩子很少和她交流……

唉，女人援藏，没有什么不容易的，就是这样走过来的，都是自己应该做的，也是职责。

河北省到阿里援藏的女同志还有 5 位，各有各的难处，但都严于律

己，以工作为重。刘晶在河北省教育厅工作，衣食无忧，家庭幸福，援藏期间任阿里地区教育局副局长。父亲在她援藏期间去世，兄弟姐妹为了不影响她的工作，没有告诉她。后来，还是丈夫告诉了她实情，因路途遥远，无法回家。

女人援藏，快乐和艰辛并存。既然选择，就得付出。既然热爱，就不后悔。

五、寿终正寝多么幸福

王进对我说，对呀，这个DVD，摄像和制作都是他，这是他和同为陕西省第三批援藏干部赵新华，一起走川藏公路的时候拍摄的。

川藏线和青藏线、新藏线一样，是世界上海拔最高的公路，名副其实的天路。走那样的路要担风险，谁也不清楚会发生什么意外。在家过完春节以后，要返回阿里上班，他想和赵新华同行，从西安到成都，再从成都进藏。

走川藏线是王进预谋好的。他计划援藏三年把三条天路都走到。可赵新华想从成都乘飞机到拉萨，他觉得飞机更安全。为了让赵新华和自己同行，王进就对赵新华大肆宣传川藏线风景多么美多么好，但不主动动员。见他没有乘汽车的意思，就告诉他，今天从成都到拉萨的机票卖完了。第二天，见他还没有同行的打算，又说售票窗口今天不卖机票。直到赵新华主动说要与他同行，高兴得他差点说出自己的阴谋。终于实现了川藏线之旅，沿途风光终生难忘。

第一年走新藏线，搭乘的是一辆长途汽车，经过两天两夜的跋涉，从阿里到了叶城，觉得像到了天堂，心想喀什比叶城还好。几个毫不相干的乘客拼了一辆出租车，急急忙忙赶到喀什。喀什果然比叶城繁华，有高大的树木，可以洗热水澡，吃水果，喝饮料，还吃到了新疆大盘鸡。在喀什见到一位阿里同事，特别亲切，才几天没有见面，就像生离死别一般。

第二年走青藏线的时候，他感冒了。为了让自己舒服一点，头不至于太痛，药量喝得大了些，到唐古拉山口时，迷糊得很厉害，原来是把安眠药当感冒药喝了。他想着好不容易才到了向往的地方，怎么能不拍照呢，于是强撑着下车，却发现其他人连车都下不了。

有一次，赵新华生病，很严重，需要送到叶城治疗，他希望王进陪同。病情后来得到控制，也就没有去叶城。但赵新华对王进的信任，是特殊环境下建立的特殊感情，这是很多人感受不到的。在内地，同事做朋友的不多，但援藏干部，每个人都相互信任，是一生一世的朋友，可以把生命交给对方。这是所有援藏人的一笔巨大财富。

第三批援藏人员中，有一位叫刁晓军，担任阿里地区检察院副检察长。他从拉萨开会返回狮泉河镇，事先说好当天下午就会回来。大家知道他会回来，就等到很晚，没有等到。大家回去休息，到了第二天，刁检察长还是没有回来。他们也没有想到去问一问，打听一下。不知道怎么搞的，人在阿里反应会特别迟钝，缺乏深度思考，连自己的手机号码都记不清楚，刚刚见过的一个人，一转身就忘记名字。总之，刁检三天没有回来，谁都没有想到是不是出了意外，或者有人想到了，不愿意说出来。直到三天以后，刁检回来了，请大家吃饭，还敬每人一杯酒。大伙很诧异，刁检平常是不喝酒的。一问才知道，他们在戈壁滩上迷了路，失踪70个小时。

这件事，他没有给人说过，大家也不主动问。一辆车，几个人，茫茫戈壁。手机没有信号，没有食品，没有水喝，狼和棕熊随处可见，白天热得烤人，夜晚冻得发抖。还有，离国境线那么近，谁能保证夜晚的车轱辘，不会一不留神滑出国界。真的跑到邻国的土地上，会造成多大的影响。他可是政府官员，而不是普通的羊倌，内心的煎熬谁能想象。

那三天检察院出动了几辆车，在路上找了几个来回，也没有发现一点线索。多亏日土县一位牧民发现了他们。

援藏干部，几乎每个人都有故事。

王进援藏前在陕西省纤维检验局工作，到阿里以后，在地区质监局上班。干了一些工作，也遇到过危险，差点把命搭上。

援藏三年，最大的后悔是，他把父亲丢了。

他老家在安徽省全椒县，大学毕业后留在西安工作。父亲跟他们一家三口在西安生活。妻子很贤惠，孩子很懂事。父亲患有老年痴呆和精神分裂症。2001 年援藏以后，他把父亲送回老家，跟弟弟妹妹一起生活。2004 年 6 月 24 日，结束援藏，从阿里回到西安。父亲于 5 月 25 日在安徽老家走失。王进还没有回到西安，就得知了消息，当时并没有太担心，因为父亲以前也走失过几次，隔几天就回来了。但这一次，再也没有找到。

他曾经在各大网站发过帖子寻父，但从 2004 年到现在，一点消息也没有。

他弟弟说，这辈子再也没有快乐了。

此后，他很少应酬，心里一点也笑不起来。

有时候，同事或朋友的老人去世，他就对人家说，多好啊，寿终正寝是件多么幸福的事。只有了解他家里情况的人理解他，知道他心里的苦。

六、三岁红柳

2010 年 12 月，怀揣中国作家协会给我开出的两份介绍信，拉开了我在内地采访的序幕。介绍信分别开给河北省委组织部和陕西省委组织部，因为他们分管对口援藏工作。

在石家庄一家饭店，河北省第六批援藏干部副领队王洋对我说，小杜，把你也算作我们第六批援藏人员，咱们一起给第五批援藏干部敬杯酒吧！

我为王洋的这句话所感动。连续几次到阿里，我与阿里人结下了深厚友谊。不管是援藏干部，还是当地人，对我都很热情。

回到内地，我常常想起阿里的一朵花、一株草、一棵树，总与美好相依相存，回味悠长。

世界上所有人，都向往绿色，阿里人更加强烈。

在阿里，有树比黄金贵的说法，也有养一棵树，比养一个孩子还难的苦楚。阿里地区优势树种以班公柳、杨树和红柳为主。由于海拔高、干旱缺氧、土壤贫瘠，造林成活率和保存率一直很低。灌木林是阿里地区的主要木本植物群落，也是维系生态安全的重要屏障，主要分布在札达、普兰、日土和噶尔四县，而东部革吉、改则、措勤三县，仅有零星灌木林分布。

在缺少绿色的荒原上，人们总是千方百计寻找绿色、珍惜绿色、创造绿色。

到过札达县城的人，都会被莽莽土林深处的那一片绿意感动。

这一片林，与一个人有关，他叫刘继华。

刘继华是上海人，20 世纪 50 年代，大学毕业后自愿到西藏工作。那时的札达，基础差、底子薄，是阿里地区最贫困的县。刘继华担任县委书记以后，骑马走遍了全县的农区和牧区、村庄和牧场。摸实情、定规划，着手发展经济，改善生产生活条件。

没有住房，他就拿出自己的工资，买来木料，带领干部职工打土坯、盖土房。春节到了，人们却发现他失踪了。县长一着急，派人四处寻找，结果在毛刺沟里找到了他。原来，他利用节日时间，骑上马勘察从县城通往地区的线路。规划好线路，又组织干部群众开始修路。没有机械设备，只有铁锨镐头。他和大家一起吃住在工地，风餐露宿，奋战两个月。终于打通了通向外界的路，结束了札达外出只能步行或骑马的历史。

几十年过去了，现在通往地区的公路，依旧是当年刘继华骑马勘察的那条路。

根据札达县海拔较低的特点，他利用到新疆出差的机会，买来树苗，动员干部职工植树。一年又一年，年年栽下来，河岸沟塘、房前屋后、公路两旁，栽满了柏杨。

札达，就此有了新疆柏杨，有了绿意盎然。五月已尽，风沙弥漫，凄冷如冬。进入六月，天气渐渐变暖，青草露出嫩芽。某一天，城外河边的那片柏杨，绿荫如盖，亭亭玉立，秀色可餐。漫步其中，呼吸清新洁净的空气，倾听悦耳的鸟鸣，顿觉神清气爽，宠辱皆忘。

很多老阿里，说起刘继华，感情真挚，异口同声，从未见过像他那样廉洁清苦的领导。下乡时从来都是骑马，自带灶具和粮食，自己做饭，从不扰民。所挣的工资几乎全部帮助了别人，由于常年不能回家，对家里照顾极少。在札达期间，他和当地干部群众结下了深厚情谊。离任时，县里准备了隆重的欢送仪式，他却先一天搭车，悄然离去。

郭玉普，1998 年到阿里地区札达县任副县长，河北省第二批援藏干部，分管工商旅游等工作。漫漫长夜，他想起了家乡的小苹果树。

顾不了人到中年的练达，也顾不了身为副县长的稳重，他请求朋友从内地寄来树叶。电话难通，只能写信。一个月，两个月，信，终于来了，厚厚的牛皮纸信封，不敢打开，怕里面没有绿色，怕绿色不是记忆中的颜色、脉络、姿容。

深深地呼吸，气喘得连自己都觉得不好意思。洁白的信笺中，依偎着两片树叶。小苹果树的叶子，脉络、形态、色彩、气味，都是童年的模样。

这一天，他把所有援藏干部请到身边，将家乡的绿色展示出来。开朗的、健谈的、内向的、少言的，所有男人，盯着小苹果叶，全都沉默下来，全都泪光闪闪。

郭玉普是个性情中人，从他做主为古格王国遗址、托林寺、札达土林等几个景点规定的门票价格，就可以看出来。

原来一个景点门票收五角钱，有时候可收可不收，收一点也是给看门人的生活补贴。规范景点门票以后，以古格王国遗址为例，国内游客100 元，外宾 250 元，学生出示学生证 50 元，也可以免票。

中秋节或国庆节，约上几位好友，扛上被褥和食品，上到古格王国遗址最高处，那是国王的故居，几个人住在王宫里，对酒当歌，吟诗赏月。激情时唱歌，伤感时落泪。

有一次，当他终于从一望无际的土林深处，望见县城那几棵高大的柏杨树时，心里总算踏实了，回到有人有绿色的地方了。车在一处拐弯的地方坏了轮胎，不能前行。树木和县城，海市蜃楼一般，飘在远方，却不能抵达。几番周折，星星升上天空，月亮高挂古格城堡的时候，远行的人才回到县城，才听见树叶在晚风中摇曳的声音。

他说，能听见树叶的声音，是多么幸福，跟小时候妈妈呼唤他的声音一样好听。

陕西省第五批援藏干部刘毅，依然记着一句话。一次，他到地委会堂开会，无意间听见彭措副专员说，阿里人太可怜了，年年在同一块地上栽树，却年年不见树。

就为这句话，刘毅认真研究了阿里林业的历史和现状，专门撰写论文，为阿里林业发展出谋划策。长期以来，占总人口 80% 的农牧民，主要依赖牛羊粪和红柳、班公柳等薪柴能源。近年来，随着经济的发展和交通条件的改善，煤炭、石油、液化气、太阳能等新能源逐渐引进，但尚未全面普及。

通过调研，刘毅认为，阿里造林成活率低的主要原因是造林者缺乏必要的造林技术，造林后期没有进行科学合理的管护。

2009 年春季，在他的坚持下，从拉萨少量引进高山云杉，栽种在林业局的院子里，生长良好并成功越冬。2010 年春季，较大批量地引种栽培，用于行署广场等地的绿化。鲜脆的绿色，成为狮泉河街道一道亮丽的风景，过往行人都忍不住多看几眼。

阿里军分区一位战士告诉我，要培育一株红柳，得花两三年时间。第一年五六月份，天气变暖的时候，把选好的柳枝斜插在土里，露出地面的一端，用塑料布包裹，时常浇水。九十月份气温下降，要给柳枝搭上草帘或温棚，一早一晚不能浇水，防止结冰冻伤。第二年气温升高以后，如果柳枝发芽，也不能移栽，因为根须还没有长出来。要到第三年夏季，新叶和根须完全长出来，才能移栽。经常是辛辛苦苦两三年，望穿欲眼，结果是一堆腐烂，无处诉衷肠。

在扎西岗边防连、且坎边防营、都木契列边防哨所，见到的绿色是那样珍贵。大地一片荒凉，山峦寸草不生。房间里，楼道中，干净整齐

地排列着几个花盆。盆中的绿草、仙人掌、格桑花，美艳妖娆。有条件的连队和哨所，还有自己的蔬菜温棚。

在扎西岗边防连，站在一棵红柳下，拽着一根柳丝，和一位战士聊天。他说自己刚从内地老家探亲回来，与相恋一年半的女友分手了。说这话的时候，战士眼里饱含泪水，盯着我的手看。我偏了头，看自己的右手，不知什么时候，一片柳叶被我拽掉了。

神山冈仁波齐脚下的塔尔钦小学，校长达瓦曲英对我说，校园里如果有绿树和青草，学生的学习积极性就会提高。

在阿里，同样感到了绿色的珍贵。当我沿着雅鲁藏布江逆流而上，一侧是喜马拉雅山脉，一侧是冈底斯山脉，越走越荒凉，越走越见不到绿色。终于抵达狮泉河镇，看见街道上有几棵纤细的向日葵，开着弱小的金色花朵。还看见有人在瓦盆里种着几株蒜苗。不由自主，惊喜异常，话语变得繁密，语调变得温和。

想起河北调藏老师郭运良。他来自河北张家口市，援藏结束后主动要求留在阿里，继续在党校当老师。忘记在什么场合被裹挟着，而认识了他。一次我在菜市场与蔬菜贩子聊天，发现郭老师和一位援藏老乡在买菜。打过招呼，他邀请我去他那里包饺子。我如同沙地的萝卜，自然跟了去。那天包的是倭瓜饺子，先把倭瓜洗净切丝，食盐搅拌，纱布过滤捏干，调上小葱生姜，饺子馅就大功告成。

当时，一位客人还没有到，我站在窗前向外张望，看见窗沿下有一棵红柳，娇嫩的叶片刚刚展开，红色的枝干非常清新，我欢喜得赞不绝口。

郭老师说，红柳已经三岁了，还不及窗沿高。

所以，我记住了郭老师的房间，和那棵红柳。

某个清晨，郭老师发来短信，昨天晚上，又梦见你了，站在窗前向外张望的样子。

瞬间，我想起了那棵三岁红柳。

七、米面油书记

2010 年隆冬，在北京一家古色古香的饭店，我与刘道新、郭松山相对而坐，一起回忆在阿里的时光，回忆羌塘腹地措勤的风光无限、天寒地冻。

坦率地说，当我见到刘道新的时候，笑场了。这是我从来没有过的经历，因为在此以前，关于他的传说太多，而那些传说，谁听了都会捧腹大笑。

那些稀奇古怪的故事，怎么会发生在他身上呢？完全是南辕北辙、风马牛不相及嘛！

刘道新是一位经典的男人，用金领来形容一点也不为过。西装革履，仪表堂堂，高一分则高，矮一分则低，宽一分则胖，窄一分则瘦，面容白皙俊朗，光鲜亮堂，双目炯炯有光。与我所做的案头准备完全两样，网上查找到的照片，全是大毡帽、运动装，皲裂的皮肤，黑黢黢的脸庞，同藏族汉子极为相仿。

最重要的是，刘道新的年龄并不大，学历还不低。看见他，会让人想起一首优美的诗词：日出江花红胜火，春来江水绿如蓝。这样的男人，走在王府井大街，也会招来众人回眸。

措勤，这个想起来就令人头晕眼花的地方，刘道新，这样一位男人，是怎样在那里工作生活，并被老百姓称为“米面油”书记的呢?

世事就是这样奇怪，将很多不搭界的事情紧密相连，还创造出前所未有的奇迹。

2007 年 7 月 30 日，刘道新作为国家电网公司援藏干部，赴任西藏阿里地委副秘书长、措勤县委副书记。他的援藏之路就此拉开了序幕。

国家电网公司和地方政府一起，制订有严密而长远的援藏计划。先是解决措勤的供暖设施问题，之后逐步解决供水排水等其他基础设施问题。

供暖方面。考虑到措勤县高寒缺氧缺电的实际情况，刘道新与县委、县政府领导班子一起，对水暖、油暖、太阳能供暖进行了深入研究与论证。利用在拉萨期间，去有类似太阳能集采应用的单位考察学习，到普兰县考察学习太阳能供热水项目，取得了宝贵的第一手资料。请教咨询了全区乃至全国该领域的权威机构与专家，逐步攻克技术难关，确保项目设计合理、施工科学、效果显著。通过该项目的实施，在有效解决措勤供暖的同时，也为阿里乃至西藏解决供暖问题积累了好的经验、探索了新的路子。

许多藏族老百姓对太阳，有着别样的情怀，认为太阳是神，把太阳的光和热用多了，会把神累坏。对此，刘道新们费尽口舌，耐心解释。

供水方面。由于缺乏电力供应，深井供水远远达不到需求，尤其是冬天，老百姓饮水更为紧张，只能勉强饮用浅井或地表水，水质较差，供水时间受限。

身处雪山缺水喝，令他们无奈而头痛。在充分征求县领导及有关部门意见、进行水质化验和取证、向地区及自治区有关部门做了汇报后，确定了从县城 11 公里以外的雅凯山，引优质山泉水入县城的供水方案。这个方案利用 200 米的天然落差，克服了缺动力的制约，希望从根本上解决措勤县城的饮水问题。在论证初期，刘道新和贺鹏多次爬上山头，寻找和勘探最佳管道铺设路径。

该项目于2009年开工，2010年投入使用。

勘察水源的过程，充满了艰辛和诗意。措勤人知道雅凯山的泉水甘甜可口，却很少有人看到过水的源头。经过艰辛跋涉，映入眼帘的是一人多高、白茫茫的积雪和冰川。融化的雪水分成若干小溪，不断汇聚成更宽更深的小河，左右两侧山体渗出串串细流，前后左右上下相连。水洼的表面很平静，只有细看小涟漪，才能感觉出水的溢动，不断从高一些的水洼流向低一些的水洼。静静的、清纯的细水，就是从这些高高低低的水洼边缘缝隙里，注入宽宽窄窄的小溪。积雪融水与山体渗出的细小水源，正是奔腾咆哮的大江大河的最初源头。

苦苦寻找的，正是这个安静的山坳里，这片静静流淌了千万年的、清澈甘甜的净水。措勤百姓喝不上干净的水，而这些最优质的圣洁之水却白白地流淌。他们要做的，就是找到这片水源、保护这片水源，将这片甘甜洁净的水流引入措勤人家，让百姓从此不再守着江河之源却没有水喝。

水源找到了，刘道新终于放心了。离开山坳往回走的路上，他身上很冷，心里却很温暖。不久，根根管道从内地辗转数千公里，火车汽车一路颠簸而来，从古老圣洁的雅凯山铺设到县城，在县城设立了30多个免费供水点。清清泉水流淌不息，大人小孩喜气洋洋，奔走相告。

但雪域高原就是这么残酷，人在自然面前脆弱如蚁。长冬无夏、天寒地冻，冻土层两米以上，冻结了山泉水，冻裂了引水管道，花费巨资修建的饮水工程几乎瘫痪。

西藏的许多工程，无论是民生项目，还是国家重点建设工程，与措勤的饮水工程一样，命运多舛，波折颇多，重复无果。但为了人民幸福，

边疆稳定，依然得前赴后继，勇往直前。和平年代的援藏干部，就是战争时期的出征将士，只能前进不能后退，只能胜利不能失败，屡战屡败，屡败屡战，是一种常态。

进藏以前，刘道新就与“格桑花在行动”组织取得了联系，寻求支持援助。进藏后不久，这家公益组织就送来了援助措勤县小学的大量文教用具，有效解决了广大学生的迫切需求。到县上以后，了解到一些考上大学的贫困户子女，因交不起学费面临辍学。为帮助贫困家庭的孩子圆大学梦，他们主动联系，劝导孩子们珍惜机会，并设法为他们解决了第一年的学费。与县领导协商后，他们设立了专项教育基金，专门资助贫困学生，为培养措勤县建设发展所需的高素质人才提供支持。

有一次，到达江让乡完全小学时，已经过了午饭时间。刘道新谢绝了乡领导用午餐的邀请，参观了学校教室、宿舍、餐厅、办公室，当场安排专人，限期购置学校抽水所用的发电机，协调资金，限期修建学生教室、宿舍暖廊，确保入冬前，孩子们白天有活动场所，晚上住宿不挨冻。

看到县里缺医少药的状况，他将随身带来的药品留在县里，给更需要的人使用。经过他的联系与协调，在征得阿里地委同意后，措勤县各级干部职工，30 余人赶赴内地，进行了难得的学习考察与培训。他还邀请对西藏及牧区发展有深入研究的知名专家学者授课。通过学习培训，干部职工在提高素质、增长见识的同时，与专家教授结下了深厚友谊，有效地宣传了阿里和措勤。

民生问题，更是刘道新们关注的重点。一次下乡，他和同为援藏干部的王战，到一户牧民家走访。进屋后，差点被吓住，这是对他关于贫困想象的最大挑战。新中国成立这么多年了，西藏民主改革这么多年了，竟然还有如此贫穷的地方、这么困难的人家。

狭窄的房间稀稀拉拉放着几个瓢勺，墙角放着几件农具，阴暗的屋子中间放着一口冷锅。没有床，也没有炕，两位老人在锅台边的地上，铺了一条又薄又破旧的氆氇毯子，晚上睡觉把藏袍盖在身上当被子。已经是 11 月了，漫漫长夜，冰天雪地，他们是怎样熬过来的呢？

从进到这户人家，到走出家门，刘道新一句话都说不出来。

几天以后，他和王战再次走进这户人家，将米、面、油、棉被、毛毯，亲手送到老人手中。老人把刘道新和王战的手拉起来，紧紧贴在自己皱纹密布的脸颊上。

从此以后，刘道新和王战每次下乡，车上都装满米、面、油、棉被和毛毯。哪户人家生活困难，随时提供帮助。他们还常常拿出自己的工资，进行资助。

曲洛乡一位特困户，无牲畜，不具备自主脱贫能力，刘道新当场与乡领导商量对策，并认真询问这类贫困户的详细情况。他认为必须从源头和根本上解决问题，不能一味地依赖救济，要通过先期引导和培育他们的自主脱贫能力，逐步脱离救济，实现自力谋生、自主致富。经过认真讨论，提出了集中购置母畜，将母畜无偿租借，定期回收仔畜的方式，使这类贫困户通过“借母畜还仔畜”的方法，尽快实现脱贫致富。

为了从国家申请供、排水及供暖项目援助，刘道新和他的同事们，多次往返于措勤、狮泉河、拉萨、北京之间，在柏油路、土路、沙石路、涉水路、风雪路、泥石流路上来回奔波，从海拔5000多米到海拔几十米，个中滋味甘苦自知。

有一次，刘道新登录妻子为女儿开设的博客，在一篇博文中妻子写道：今天一早，女儿说，要么给我换个新爸爸吧。我问为什么，女儿说，好不容易盼着爸爸回来了，可爸爸连一顿饭都不陪我们吃，也不陪我玩……

看到这篇博文，刘道新暗自神伤，却不能离开工作岗位。

中秋之夜，风雪交加，前往措勤的公路无法通行，手机信号不稳定，电视没有图像，刘道新和贺鹏被困在桑桑镇。这样的经历，他们一笑了之。反而说，援藏干部还好些，到时间就回内地了。最辛苦的是当地干部群众，长期坚守西藏，一生一世都在高原。他们才是人类的英雄、守边固土的勇士。

雪顿节前后，援藏干部开上越野车，和当地群众一起，到扎日南木错湖畔，扎帐篷过林卡。因为缺氧，焦炭火烧不旺，只能烧牦牛粪炉子，杀几只羊，争先恐后地吃手抓羊肉。天气好的时候，还可以采到一种菌菇，黄白鲜嫩，恰似雪莲。用高压锅炖一锅菌菇萝卜羊肉汤，就是上天赐予的美味。

聊起措勤，贺鹏总说，我们县怎么样怎么样，我们阿里怎么样怎么样。我也习惯性地称他为贺县长，而不称他为贺总。

刘道新那个忍俊不禁的故事，与吃有关。

刚到措勤的时候，每顿饭都要吃好几个馒头、两大盆稀饭，吃完以后还觉得饿。有一次，他与贺鹏到地区汇报工作，在狮泉河镇一家饭馆，一顿吃了 6 个鸡蛋、10 根油条、5 碗小米粥。他的吃功，令服务员瞠目结舌，站在远处捂着嘴笑，以为这个人在无人区待久了，肚子里没有油水。看他的衣着，也不是吃不起饭的人嘛！

后来，地区一位领导到措勤县检查工作，亲眼见识了刘道新的饭量。对他说，特别能吃或吃不下饭都是高原病，原因是肠道缺氧，消化紊乱。刘道新这才强行管住自己的嘴。

由于刘道新工作出色，深得当地群众信任。他在措勤援藏两届，历时三年。2010 年 7 月 25 日，刘道新结束了在措勤的三年援藏工作，返回北京国家电网公司。王战也结束了在措勤一年半的援藏工作，回到陕西电力公司。离开措勤县城的时候，早晨 7 点多钟，天上下着小雨，很多人站在街道两旁，手捧哈达，为他们送行。

措勤人到地区，除过吃一顿有青菜的饭以外，还有一件大事，就是洗澡。

贺鹏说，在措勤的日子，就没有好好洗过澡，实在过意不去了，烧些热水，擦一擦身子。全县只有武装部有浴室，但也不是经常开放，缺电少煤，水温忽高忽低，不好意思总是麻烦人家。曹庆蓉这位女中翘楚，曾经 28 天没有洗过澡，即便在生理期，也无法畅快地洗个热水澡，只能马马虎虎对付一下。终于有机会到地区开会，在狮泉河镇，吃了一顿有青菜的饭，买了一兜好久不见的水果，洗了一个舒服的热水澡。李阳山说，在措勤待久了，到狮泉河镇就像到了大城市，到日喀则就像到了天堂。

曹庆蓉刚到措勤的时候，拉了两个月肚子，体重减了 20 多斤。王战刚到措勤，晚上睡不着觉，老觉着气短头痛，每天基本上都是凌晨2点以后才勉强睡着，好不容易睡着了，又突然被憋醒，一看手表才过了一两分钟，鼻孔里每天都有血丝。

措勤到拉萨和地区的车辆很少。一旦有车去拉萨和地区，人还没走，就有搭车和带东西的人打来电话，或跑来说情。这令援藏干部很长时间才适应。知道这种情况以后，也乐意帮忙。

有一次，王战出差到拉萨。措勤县的一名藏族职工突然打来电话，说自己的孩子在拉萨上学，凌晨突发疾病。接到电话以后，王战立即赶到学校，和几名学生一起把病人送到医院。经诊断，孩子患的是急性阑尾炎，需要立即手术，他立即以家长的名义交了3000元住院费，使孩子得到及时治疗，解除了病痛，挽救了生命。

2022年9月，再次与曾经担任措勤县政协主席的石美贵和措勤县公安局的珠扎联系，想知道措勤的现状。

石美贵于2021年5月，从措勤县调到狮泉河镇所在地的噶尔县，任县政协主席。聊天中得知，他的妻子一直住在四川泸州，孩子大学毕业已经工作，父亲去世，母亲和姐妹们住在泸州农村，他一年休一次假，一次80天。前几年从拉萨到泸州航班开通，所以一天就可以到家。珠扎还在措勤县公安局任副局长。

2019年12月，经西藏自治区人民政府批准，措勤县退出贫困县。藏中电力联网以后，县城和沿线牧民生活发生了巨大变化。从头一年的10月1日到次年5月1日左右，县城机关单位集中供暖。供暖的焦炭是从千里之外的新疆运来的。到拉萨和狮泉河镇的柏油路畅通，一大早出发，天快黑的时候抵达拉萨，到狮泉河镇也需要一整天时间。

近年来，国家电网援藏每届三年，每年援藏资金3000万元左右。传承往届工作特色，组织多名干部职工到内地参观学习，开阔眼界。2020

年和2021年，国家电网公司接纳西藏籍大学毕业生1000余人，占援藏央企接纳大学生总数的50%以上。

八、祭援藏干部张宇

2012年8月22日上午11点左右，陕西一位援藏干部打来电话，第一句话就说：告诉你一件不幸的事。

我大脑一片空白。然后，我和他似乎都沉默了一会儿，接着他说，噶尔县县委书记张宇去世了。

我的第一反应就是，他在胡说。接着否定了自己，一位严谨的援藏干部，不会拿这种事开玩笑。

我明显感到了自己的停滞、惊愕、恐惧。

时间在这一刻显得漫长而艰难。不知道过了多长时间，我说：不会吧，怎么会这样？

接着，我把电话打给阿里地区医院的罗蒙大夫。他是陕西援藏医生，这么大的事，他不会不知道。

罗蒙大夫证实了张书记的死亡，并说自己正往医院太平间赶，死亡原因不太清楚。

无法排解自己的胸闷，给两个朋友打去电话，听到他们在安慰我，才发现自己已经泪流满面。

当天晚一些时候，在QQ空间，看到一位援藏干部对当时情景的描述：早上10点50分接到电话，让马上到噶尔县武装部，张宇书记去世了。赶快开车过去，一路上大脑里推测着各种可能，最大的可能是交通事故。用了5分钟，赶到武装部，冷酷的事实不得不让人相信了。9点40分，同事叫张书记吃早饭时，发现房门开着，他趴在宿舍地上，半个身子还在门口，手中攥着几片花盆里的树叶。阿里军分区医务人员5分钟后赶到，实施抢救，但回天乏术。看着救护车载着他开往医院太平间，心里感到无比悲痛和窝火。开完将近一个钟头的紧急会议之后赶到医院，人还放在太平间外的担架床上。太平间简陋得和厕所差不多，几个人赶快把太平间简单地收拾了一下，把他抬了进去，给他擦洗身体，穿衣服，摸着他温暖的腹部，感觉到他还在我们身边，可看看他的脸，知道他已经离我们而去。穿衣服时，领带打得不好，希望老张不要在意。

8月24日下午，看到阿里地区政府网站的新闻头条：陕西省第六批援藏干部、噶尔县县委书记张宇同志因突发心脑血管意外，不幸于2012年8月22日10时26分因公殉职……

沉思良久。张宇的牺牲是一个特例，在阿里又是那样普遍。十多年前的孔繁森也献出了生命。在阿里，死亡像感冒一样普通，像影子一样与鲜活的生命紧紧相随。但张宇如果不那么操劳，不那么事必躬亲，不那么全身心地投入工作中，结果或许不会如此。

众所周知，身处平均海拔4500米的阿里高原，安安静静地躺着都会心慌气短、痛不欲生、思维钝滞、行动迟缓。谁在高寒缺氧的生命禁区超负荷劳动——不管是体力劳动，还是脑力劳动，结果只有一条，那就是死亡。

因为书写长篇纪实文学《阿里　阿里》，我曾经四次前往阿里，接触到许多阿里当地人、边防战士、老西藏、援藏干部，与许多人建立了深厚友谊，张宇就是其中一位。

2011年端午节期间，知道噶尔县领导要去边境慰问几个边防连队和哨所，我向张宇提出请求，希望同行，他欣然同意，并确定了出发时间。临到出发前，达娃扎西专员接受我的采访，为此，张宇专门为我推后一天去边防连队。前往某边防哨所的路上，要经过一大片戈壁滩，远远看见几顶帐篷上炊烟袅袅，几只牧羊犬向我们奔跑而来，其中一只三条腿的牧羊犬，大概许久没有见到陌生人了，新奇地与我们的越野车赛跑。张宇感叹道，这么荒凉的地方，还有人放牧，老百姓真不容易，咱们得加大牧草种植，将更多的牦牛和羊圈养起来，让牧民少受些苦。

到了边防哨所，张书记和县上领导一起，逐个向边防战士敬献哈达，在展开的大比例地图前，与部队官兵促膝而谈。他说，坚决不能从实际控制线后退半步，关键的时候，要钱有钱，要人有人，有困难，给县上说。

在阿里，我听到过这样一件事。2011 年初，噶尔县发生大范围降雪，群众生命财产面临巨大损失，正在内地休假的张宇带领援藏干部返回噶尔，指挥抗击雪灾工作，确保了雪灾中无人员死亡，保证了广大群众的生命财产安全。

在他简陋的办公室里，他用笔在纸上给我画出大小不一的图形，说要为扎西岗乡典角村 40 户 158 人修建安居房，每户 60 平方米到 120 平方米不等，两户一盖，上下两层结构，自然分布，此项工作到 2012 年年底全部结束。在边境村盖房修路看似简单，实则不易，需要报请地方政府、阿里军分区、南疆军区、兰州军区，还需中央军委同意。他说，要先在典角村建起宽敞明亮的新房，以此为示范，逐渐推广到其他边境村。

我曾经去过典角村，不需要望远镜就能看到对方国家的哨所。山顶白雪皑皑，山下寸草不生，冰雪融化的小溪边，浅浅的簇簇小草，微弱得令人怜惜。但边防战士和边民依然驻守和生活在这里。工作和生活在边境的人们，有一种与生俱来的神圣感和使命感。一年以后，几位阿里人对我说起典角村的新民居，赞叹之情溢于言表。

记得是 2012 年 6 月，我的《阿里　阿里》出版发行，内地各大新华书店和网站卖得热热闹闹，阿里却悄无声息。阿里有人打电话询问，出版社负责西北片供货的人觉得蹊跷，质疑他们为什么不到拉萨买书。

我说阿里与拉萨的距离是1750公里，与另一个城市新疆叶城相距1000公里左右。对方停顿了稍许，接着晴天霹雳般大呼小叫，世界上怎么会有这么奇怪的地方，简直是孤岛嘛。

某一天，一位朋友从阿里打来电话，惊喜地对我说，噶尔县竟然有了自办电视节目，电视屏幕上一点雪花和闪电都没有，效果比阿里地区电视台好多了。接着他说，藏语主持人是从佐佐乡调过来的，设备是用阿里地区电视台的另一个频率，开始搞不清怎么安排节目，就研究中央一套的新闻节目，张宇书记亲自把关。

张宇在他的施政方略中提出“建设藏西中心城市、建设阿里经济强县、建设边境模范县”，并要“打造西藏最干净城市”。我对狮泉河镇的环境卫生变化深有体会。多年以前，阿里曾经明文规定，禁止人畜在街道大小便。多年后的现在，走在阿里的大街小巷，除了空气稀薄、缺树少草以外，洁净程度与内地城镇别无二致。

曾经有人对我说，援藏工作是国家的一项政治任务。援藏是人生宝贵的经历，肩负着历史使命。和平时期的援藏干部，就是出征的战士，选择了援藏，就是选择了崇高。中央和地方省市对口援藏以来，已经有好几位援藏干部，把生命留在了西藏这片冻土之上，用忠诚和奉献，诠释了一名共产党员的最高境界。

陕西汉子张宇，从故乡出发，怀抱理想信念，支援西藏阿里。如今，他走了，牺牲在喜马拉雅山脉和冈底斯山脉之间的古战场上。那个地方叫噶尔，在地球最高的地方，终年盛开着雪莲花。

九、电从远方来

吴涛站在西藏阿里地区一个叫霍尔的地方，被目力所能及的景象惊

住了。

括弧似的新月，风信子一般跃上纳木那尼雪峰之上，悠缓地、从容地、蒲公英开花似的，在碧青的天际游弋。无形的云朵渐次变化，杜鹃白、杏黄、水红、橘红。起初，层次是分明的。眨眼间，冈仁波齐上空就燃烧了、恢宏了，万道霞光你追我赶，赶着赶着，就落进了玛旁雍错的黛色里。皑皑雪山即刻从金色变回原来的模样，仿佛赴了一场神话盛宴。

欣喜中，吴涛打了一个冷战，忽视了傍晚 8 点到 12 点的供电告示。

他在柴油发电机轰鸣声中睡去，不一会儿就被冻醒了，电热毯不再温热，瑟瑟地喘着粗气，睁着眼睛到天明。加油站前停着许多车辆，大多同他一样，是自驾者。从塔里木盆地南缘出发，沿新藏公路翻过喀喇昆仑座座雪山，蹚过数不清的冰河，树木和绿色越来越少，直至眼前的寸草不生。车下的人更是奇装异服，羽绒服、登山靴、军大衣、迷彩服、帽子手套，花花绿绿，从头到脚武装到牙齿，纷纷跺脚哈气。也有一看就是跑长途的货车司机，脏兮兮的棉袄能刮下二两油污。有人说，由于太冷，储油罐的油结了冰，加油器也冻住了，油加不进车里。他说，要是有电就不会这样狼狈了。

什么是电？一个稚气的声音问道。

原来是一个穿藏袍的小男孩，两条清鼻在晨光中闪闪发亮。吴涛还没有笑开怀，就觉得胸闷气短，想快速回答男孩的问题。干了 20 多年送变电，这事太简单了。他俯视着这双晨露般的眼睛，却疑惑起来，该怎样向一个孩子解释一种看不见摸不着的真实存在呢？

有人抢着说：电嘛，是一种能源，很暖和的东西。

男孩用袖管抹一把鼻涕，仰起脖子，更加好奇地问：电从哪里来？

闲着也是闲着的人们，显然对男孩产生了兴趣，纷纷东张西望，像是要立即找出电，送到男孩手里，却看见了奔腾的藏野驴、矜持的藏羚羊、星星点点的羊子。

这个时候，一位汉族小伙子指着雅鲁藏布江流去的方向说：电从远方来。

吴涛对这个回答不满意，觉得欺骗了幼小的心灵。带着丝丝愧疚，看见了更多人的冷和不易。客栈用高压锅做米饭、煮面条，每个馒头都裂着口子。有人在沸腾的开水里洗手，吴涛觉得奇怪，伸手试了试，并不烫。凑近铁皮炉子，感觉不到应该有的热度，顺手加一小铲焦炭到炉膛里，黑烟升腾，不见火苗。他被告知，这里海拔高气压低，动植物都有高原反应，炉火也一样，焦炭燃烧不旺，得掺加牦牛粪羊粪一并燃烧，青藏高原的牦牛粪全是论斤卖，许多牧民用酥油灯照明。他暗自念叨，要是在这里建一座变电站，把电送到千家万户，百姓生活质量就能提高了。

半年之后的 2020 年 3 月，吴涛接到参与 220 千伏霍尔变电站建设的任务。这是阿里联网的一座重要枢纽变电站。他所在的陕西省送变电工程公司，承担土建建筑施工、电气设备安装调试及投运，他则是电气负责人。工作全面展开以后，更能体会到生命禁区施工的难度。眼睛在天堂，身体在地狱，这并非传说。4650 米的海拔，含氧量是平原地区的一半。在长冬无夏的藏西高原，紫外线辐射强烈，昼夜温差大，冻土层厚，管道冻裂。刚开始没有地方如厕，就给每位女工发一把伞，方便遮掩。有位同事一件棉工作服，从 3 月到霍尔，一直穿到 12 月返回西安。

高寒缺氧使人变得不够敏捷。连呼吸都困难的职工，每天还得上高爬低。土建劳动强度更大，有人晕倒，有人突发心脏病。连简单的感冒都可能引起肺水肿、脑水肿。新冠疫情期间，发热患者更不敢轻视。为了保证工程进度，重要岗位配 AB 角，A 角无法上阵，B 角立即补上。电气设备采用四级防尘措施，制作专用防尘棚、洒水车洒水降尘，站内道路全面硬化，外露土方用防尘网覆盖。机器同人一样降效严重，大伙开玩笑，给发电车吸上氧，功率就会变大。经验丰富的他们，面对熟悉的工作，常常力不从心，但依然严谨操作，认真检查，均达到质量和标准工艺要求。吴涛坦言，从业以来，参与过大大小小上百座变电站建设，霍尔变电站建设最艰辛，也最刻骨铭心。

荒芜中忽然长出一座现代化变电站，从开工建设到安全投运，有农牧民加入施工队伍，南来北往者纷纷驻足观看。有好几次，吴涛都希望迎来那个孩子，带他参观用保温材料建起的变电站，感受电的魅力，体悟只要用心，每个人都可能成为电源，都能发出光和热。

当一座座铁塔闪着银光，披着彩虹和朝霞，架设到霍尔变电站时，吴涛们非常清楚，他们不仅超越了自己，更创造了人间奇迹。2020 年 7 月 26 日，阿里电力联网工程全线贯通。这是迄今为止世界上海拔最高、运距最远的超高压输变电工程，是继青藏、川藏、藏中电力联网工程之后的第四条“电力天路”，是中国大陆最后一个接入全国大电网的地级行政区，结束了阿里地区孤网运行的历史，从根本上解决了当地用电难问题。该线路可为抵边村寨、边防哨所供电，对治边稳藏、巩固国防作用巨大。

十、戈壁滩上抗洪记

2010 年 8 月 14 日傍晚 9 时，藏西阿里彩霞满天。阿里军分区宴请陕西来阿里考察的工作组。工作组刚从普兰县和札达县考察回来，鞋上

沾着厚厚的黄泥，身上满是灰尘。

大家入席就座，两位年轻军人站在身后为客人斟酒。我有些不习惯，总是东张西望。一会儿，炊事班的班长出来，说他是陕西人，大家夸他厨艺高超。正在推杯换盏的时候，一位副专员和军分区领导，几乎同时掏出手机，接听电话。接完电话，两人头挨头说着什么，表情瞬间变得严肃，酒桌上的气氛有点不协调。两人前后站了起来，说一声，对不起，先走一步。

随即，院子里的两辆汽车轰鸣几声，一前一后，绝尘而去。

我感到诧异，这是我从来没有经见过的。请了一桌子客人，菜还没有上齐，酒才刚刚斟满，主人却一走了之。惊愕的时候，客人也在交头接耳，纷纷离席，向外走去。我问行署一位副秘书长，是不是出事了。他小声告诉我，加木乡发洪水了。

我脚步匆匆，跟在他们后面。经过军分区操场的时候，看见战士们正在捆扎背包，身旁放着铁铲、铁镐，绿色军车已经发动，一辆辆一字排开。我立即紧张起来，加快步伐回到住处。

这个时候，天已经黑了下来。我在宾馆房间里来回踱着步。

我是知道加木乡的，离狮泉河镇8公里，从藏北改则县革吉县到狮泉河镇的时候，要经过这个乡。加木乡有一片红柳林，是阿里保存较好的一片绿地。夏季来临，阿里人总会骑上摩托车，开上汽车，在红柳林里扎上帐篷，带几只活蹦乱跳的羊。快乐的人们，想吃肉了，宰一只羊，煮一锅羊肉，蘸椒盐吃。

那片红柳四周全是光秃秃的荒山和冒着尘烟的戈壁。荒山和戈壁怎么会发洪水呢？

是不是听错了？

我要去加木乡，一定要去那里！可是我才来阿里没几天，没有几个熟人，在这个特殊的夜晚，谁会带我去那里呢？我拿起手机，翻看号码，没有，没有一个敢在夜晚带我出去的人。

正在万般无奈、焦急得不停地想喝水的时候，手机响了。阿里地委宣传部一位副部长打来电话，问我在哪里，想不想去洪灾现场加木乡。

他说，宣传部所有人都在临时过渡房那边集结，准备出发，让我快速打车过去。

我一口答应，不顾一切地向门外冲去。

狮泉河镇，漆黑的夜晚，没有一辆车一个行人。街上的商铺打烊了，影影绰绰的灯光，有一些鬼魅。

800 米以外的地方，有一处红绿灯，是狮泉河镇唯一的红绿灯。到了那里，车辆会多一些。拿定主意，我快速向红绿灯走去。还没有走到红绿灯处，一辆白色小汽车迎面开来。

上车以后，车主问我是哪里人，我说陕西人，要去宣传部临时过渡房那里。

对方问我，是不是陕西那个作家。

我惊讶地反问对方，你怎么知道。

对方说，阿里地方小，平时不来外人，忽然间来个外人，不出三天，整个狮泉河镇都会知道。何况你来了不止三天，对吧？

我连连点头，不止三天，不止三天。

点头的时候，已经到了约定地点，宣传部的车在那里等着。

通往加木乡的道路是沙石路，我们的车速不快不慢，一路颠簸。最先超过我们的是绿色军用大卡车，帆布车篷里探出一双双敏锐的眼睛。挖掘机、推土机轰轰隆隆，开足马力，一直向前。每当遇到工程车，我们就放慢车速，礼让他们。很快，狭窄的沙石路上形成了一条长长的车龙，各色越野车，大小轿车、卡车、警车、军车、工程车，车灯闪烁，络绎不绝。

熙来攘往的车流中，我发现了一个规律。地方车礼让军车，军车礼让工程车，警车则穿梭其间，自由奔放得如同任性的孩子，车轮滚滚，却秩序井然。

到了河滩上，把我吓了一跳，河滩上除过车辆，全是人。这是我在阿里见到的最密集的人群。有人握着铁锨向河边奔跑，有人向编织袋装沙石。

河水很快淹没了脚下的沙土，河滩上乱哄哄的，没有高音喇叭指挥，没有广播播报灾情，没有对讲机传播信息。我们在河滩上猜测前方的灾情，大声询问被洪水赶回来的人。有人说，上游决堤了，洪水马上就要淹没我们所站的地方，有人被围困在沙洲上，生死不明。

一个小伙子跑过来，说宣传部两位同志在下游 1000 米的地方被洪水围困，赶快去救人。大家手忙脚乱地给那两位同志打电话，没有信号。副部长让司机赶紧开车。有人拦住他，不让他去，说有危险。

他说，救人要紧，得抢时间。

我也要上车，被宣传部的小蔡拽了下来，小蔡和副部长一上车，就消失在漆黑的河滩上。

有人传来话，阿里所有警种部队都到了抗洪抢险一线，机关干部原地待命。我和几位女同志站在河滩上，焦急地等待着。一个小时后，一辆车直接开到我们身边，两位被困人员安全返回。大家欣喜若狂，我也替他们高兴。跟他们握手的时候，发现我们的手都在颤抖。我甩了甩胳膊，挺一挺腰身，才意识到，我们已经冻得缩成一团，佝偻着身子。

望一望河对岸，人影幢幢，柳枝摇曳，星光灿烂，每一颗星都妩媚丰满，亲近得举手可摘。一颗流星划过夜空，落到上游不远的红柳间。更多的星星，清冷、娇艳、孤傲、游弋。月亮，括弧一样，散发着清新的光辉，刚刚沐浴一般，与星光交相辉映，悠扬曼舞在加木上空的天际。

返回住处，已经是凌晨 2 点，冻得我不敢张嘴，把另一张床上的被子拉拽过来，盖在身上，依然瑟瑟发抖，心里却牵挂着抗洪一线。洪水退却了吗？官兵撤离了吗？

次日，也就是 8 月 15 日，阿里地区在行署广场举行甘肃舟曲泥石流遇难同胞哀悼仪式，安静而肃穆。仪式结束，忽然宣布，所有人到戈壁滩上抗洪抢险。

大伙立即行动，赶到戈壁滩上。大家奋力挖掘板结的戈壁，给编织袋装满不少沙石，挖掘机前进后退，把装好的编织袋垒到沟渠边。渠水依然浑浊，但流量不大，更不汹涌。我与宣传部的人一道，给编织袋装沙石，干了不一会儿，就累得直喘粗气，却不出汗。太阳越来越炙热，烤得人无处躲藏，心里生出蹊跷。

天下哪有这般怪异的事啊？戈壁滩上抗洪灾，高温底下不流汗。阿里，为什么这样不可思议？

阿里，就是这么不可思议。宣传部的小蔡为我解开了谜团。

他说，近几天，阿里的确没有下雨，但狮泉河上游下雨了。8 月是藏北高原的雨季，加之最近气温升高，冰雪融化，狮泉河流量增加，导致加木乡河水决堤，农牧民房屋被淹，人员被困。幸亏抢救及时，不管是农牧民，还是抢险人员，都没有伤亡。这种洪灾，十多年前也发生过。阿里还有一个现象，雨季的时候，天上只要有乌云，就有下雨的可能，两个人并排走，一个人被雨淋着，另一个人还晒着太阳。有时候，一个人的一边脸淋着雨，另一边脸还干着。

戈壁滩上本来不用筑起高高的河堤，但不远的地方，有一个粮库，所以，要在沟渠上筑起高坝，以免粮库被淹。

几天以后，有人告诉我，那天在加木乡抗洪时，上游 1000 米处突然出现溃坝，洪水将噶尔县县长等人围困在小土丘上。武警开去一辆大型装载机，让被困人员爬进装载机的挖斗中，才成功救出。

这是阿里留给我众多惊心动魄的场景之一。

从某种意义上来说，我也是一位援藏者，尤其是出版《阿里　阿里》《红雪莲》以后，有人称我为援藏作家。对此，我并不排斥。

2010 年开始，中国作家协会每年遴选定点深入生活作家，我成为

首批 19 名作家之一，到位于拉萨郊区的堆龙德庆县，时间是一年，因为要去鲁迅文学院学习，所以在堆龙的时间很短。尽管如此，我对援藏工作却并不陌生。

就阿里来讲，从 1995 年对口援藏以来，无论是市政建设、农牧民生活，还是医疗技术、通信电力等等，都发生了翻天覆地的变化，取得了卓越的成就，短短几十年，跨越上千年，创造了人间奇迹。

单就教育方面，截至 2022 年，狮泉河镇不但有陕西实验小学，还建起了拉萨阿里高级中学和拉萨河北完全中学。那曲在拉萨也建起了高级中学。一部分教师由对口援助省份派出，三年一届，是“组团式”教育援藏的核心力量。学校师生每年只放寒假，不放暑假。每次放假，政府都会派出浩浩荡荡的车队护送学生，在冰天雪地的高原，成为一道震撼人心的风景。

援藏，如强劲的东风，使亘古寒冷的高原焕发出勃勃生机，是西藏历史上最喧腾、火热、璀璨的经历，终将被历史铭记。

十一、折翅的雄鹰

也许是上天的安排，让我完成了长篇纪实文学《阿里　阿里》。从采访到成书的两年多时间，流了太多的泪，感念太多的人，以至于身心疲惫，神情恍惚，其中发生了许多匪夷所思的事，几乎使我丧失了活下去的勇气。2011 年年底完稿以后，我给自己放了一个长假，并发誓再也不写有关阿里的文字，不回答与阿里有关的任何问题。

生活就像奔腾的河流，现实就在波光里。

2012 年 8 月 22 日上午，惊闻噶尔县县委书记、援藏干部张宇牺牲了。顿时大脑一片空白。

沉思良久，觉得张宇的牺牲是一个特例，在阿里又是那样普遍。张宇如果不那么操劳，不那么事必躬亲，结果或许不会如此。

无独有偶，另一位朋友张毅，车毁人亡，命丧青藏公路。

张毅是我在阿里认识的第一个朋友。

那是 2010 年 8 月中旬的一天，我到阿里地委食堂就餐。吃完饭，我将餐巾纸主动递给对面一位男士。我说想找老西藏聊聊，他说那你得找王惠生。王惠生在阿里被称为活着的孔繁森。

我问王惠生在哪里。他说已经回北京了，因为患有高原病，再也回不了阿里了，你得去北京找。接着他帮我查找王惠生儿子王江的电话，这个人就是张毅。

从此以后，经常叨扰张毅。需要打印稿件，直接到他办公室打印，需要找谁的联系方式，他第一时间就能找到。我还去过他家，就在地委院子里，客厅墙壁上贴着他和女儿们的大头像，一左一右，甚是幸福。

他对自己的未来有清晰的规划，什么岗位最适合自己，什么时候调动，做出什么样的业绩。

忽然，我冒出一个想法，也许是他当过兵，读过大学的缘故吧，在阿里同龄人中显得与众不同，高屋建瓴。青藏高原精神气质最高洁的鸟，就是雄鹰，张毅就是一只傲然飞翔的雄鹰！

2012 年 6 月底，我在北京朝阳区鲁迅文学院小住，得知阿里一位熟人在中央党校学习，电话联系后，对方说，一会儿我和张毅去看你。我大声欢呼，张毅也在北京呀。

没过多久，一辆安徽宿州牌照的白色小汽车载着三位男士而来。张毅说这是他回内地休假刚买的车，挂的是老家牌照。说话的时候酒气冲天，我对他说喝酒后可不能开车。他说，杜姐你放心，刚才是同学开来的。

2013 年最初几日，是一年中最寒冷的日子，我依然在北京采访。闲暇时分，想起那位在中央党校学习的熟人，短信刚刚发出，电话就打了过来。

寒暄几句以后，他说，张毅走了。

我愣了一下，接着问，张毅调到哪里了？

到天堂了。

停顿，沉默。我说，不可能。

对方说，车祸，他和妻子乘一辆车，都走了。

我深深吸进一口冷气，接着说，不会吧，不会吧，他俩可是同年同月同日生呀，1979 年的，好年轻，怎么会呢……

接下来的时间，我在房间转来转去。张毅消瘦的身影、长长摆动的臂膀、欢快的笑容总是浮现在眼前，声音那样可亲，态度那样谦和。坐卧不宁中发现了一盒香烟，前一天媒体来房间采访时拉下的，还剩两支。点燃以后，放在面盆上，双手合十。念想张毅两口子怎么会走呢，留下双胞胎女儿怎么办呀？焦急之中，试着拨打张毅的手机，提示音是转入秘书台。

次日中午，从北京飞回西安，刚出航站楼，手机骤响，显示是张毅来电，愕然之后，一个女声说，杜姐，我是张毅的爱人赵晓琴。

震惊中，连连说道，晓琴，听到你的声音有一些欣慰，他们说你和张毅乘同一辆车。

晓琴说，我从拉萨乘火车先回山东老家了。他们三个人换着开车，一位是他战友，一位是我侄子，连夜从阿里往安徽赶，2012 年 12 月 25 日清晨，离西宁不远的地方，开到悬崖下了。

我问，是你家那辆新车吗？

她说，是呀，杜姐，你说张毅平时办事都很谨慎，咋就这么不小心呢。人咋就不能活两世啊，咋就不让我替他死啊！

我说，其实车和人一样，从高海拔到低海拔，也有个适应过程，人还在醉氧期，怎么能跑长途呢。

她说，我好失败啊。我们是为理想去西藏的啊，现在理想、爱人，什么都没有啦。我后悔啊……

张毅中专毕业，没有像父亲和姐姐一样，在安徽宿州老家当教师，而是到西藏当了一名战士。从部队考上西藏民族学院。这所学院设在陕西省咸阳市，后来改名叫西藏民族大学。在这里他认识了另一个系的学生会主席赵晓琴。毕业后，晓琴已经在拉萨工作，为了爱情，追他到了阿里。

2013 年 4 月我再次进藏，刚从飞机上下来，还没有取行李，就见滚梯下站着一位憔悴的女士，不用问，就知道是晓琴。她献给我一条洁白的哈达。她刚从阿里昆莎机场调到拉萨贡嘎机场，也是想逃离那个失去丈夫的家。我邀请她一同到拉萨，接待方只给我安排了大床房，一床宽棉被。我又要了一床被子，两位从来没有见过面的女人，竟然同床而眠。

她靠在床头，我在电脑前忙碌，她轻轻唤我一声，杜姐。我哎一声，继续忙碌。过一阵，她又唤我一声，杜姐。我知道她想向我倾诉，便关了电脑。那一天，拉萨刚刚雪过天晴，房檐上雪水滴答，院子里积雪白亮。

随着她的讲述，背上像遭电击一样，时时阵痛，睡梦中惊醒数次。

2015 年 5 月，再进藏，我们又同屋，我劝她找个伴。此后一个夏天，她女儿在拉萨结束暑假，要回安徽上学，母女俩从拉萨先飞西安，我陪了她母女俩两天。

对，我用的是母女俩。这是另一个话题。

2019 年 7 月，最后一次进藏，她请我到拉萨郊区一家餐馆吃山东饺子，同行的还有她丈夫，一位曾经长期在阿里边防部队服役的老兵，古铜色的肤色令我肃然起敬。我们像约好了一样，非常默契，不谈阿里，

更不谈张毅。她告诉我，她已经有了一个健康的儿子，放在山东老家，只能隔着视频见证儿子的成长。

张毅活着的时候，给我讲过战友张群之死。

张群是陕西汉中人，曾在西藏边境当过兵，和张毅一样，也在西藏民族学院上过学。2006 年阿里公务员招考，面试的那一天，他对主考官说，让他第一个面试吧，面试完以后他要举行婚礼。2010 年 10 月，担任地区纪委副主任的他，在办公室值班，已经过了饭点，不见他人影，有人打电话叫他吃饭，他说再等一会儿。过了不久，他把电话打过去，说自己站不起来了。稍后他被送到地区医院，结果不治身亡。当时他才 32 岁，病因是突发心脏病。

张群的哥哥从内地赶到阿里，与同事朋友一起，找来汽车轮胎、菜油，放在钢丝床上焚烧。烧了很长时间，尸体还是烧不化，连背上的衣服都清晰可见，许多人不忍再看，纷纷离去。哥哥和几位最好的朋友，架上更多的轮胎，浇上更多的菜油，才火化完毕。一部分骨灰带回老家，一部分留在阿里。

我问过当地人，为什么不用更容易燃烧的柴油或者汽油，而用菜油。答案是菜油干净、尊贵。

几年以后，我在电脑上浏览曾经拍摄的照片，无意间看到张群的墓碑，孤零零地立在狮泉河烈士陵园。高处是寸草不生的褐色山峦，近处是寸草不生的黄沙砾石，顿时胆战心惊，又不忍迅速滑过。点击鼠标，放大，放大，再放大，只有名字清晰可见，生平简介无法辨析。

不觉感慨，一个为着保家卫国崇高理想而奔赴边疆，驻守边疆，来自陕西小江南，也是我的家乡汉中的普通人，在雪山戈壁，在平凡普通的岗位上，在繁荣富庶的和平年代，没有牺牲在战场上，却倒在了办公桌前。一个人的一生就这样结束了，一个生命戛然而止，一对父母的儿子丢失了，一个妻子的丈夫远去了，一个孩子的父亲永诀了。

仅仅两年之后，为战友、同学、同事张群，架上最后一个废弃轮胎，浇上最后一桶金色菜油，捡拾最后一块黑色尸骨的张毅，也消失在雪域高原。逢年过节，在他坟头烧纸焚香的，是他白发苍苍的父母和年幼的孩子。

我常常叩问自己，这是为什么？

牺牲者，何止边防军人和边疆人民，何止亲人和朋友，他们像翱翔的雄鹰，有的飞向太阳，融化在炽烈的天宇，有的折断翅膀，半途陨落。

华夏大地，从南到北，从东到西，处处有英烈，时时有平凡的英雄。麻栗坡烈士陵园、国殇墓园、康西瓦烈士陵园、珍宝岛烈士陵园等等，便是见证。

为什么？为什么？

因为那里地处边疆。是边疆，就得有人守护；守边疆，就会有牺牲。

12

走婚的国际赤脚医生

一、女儿国的男人们

在紧邻尼泊尔的普兰县科迦村，村民席地而坐，在废弃的羊圈里喝酥油茶聊天。女人和孩子坐在中间，男人们零散地坐在外围。我刚走近，就有人递来了油饼和酥油茶。我美美地吃了一顿，还要了一块油饼，留作夜宵。

科迦寺的活佛洛桑，见我一个人在夜色中闲逛，问我要不要去膳房吃饭。洛桑是位精通英语、藏语、汉语的佛学专家，了解游客的心理。

膳房的墙壁上，用白色的粉笔画着神山冈仁波齐和圣湖玛旁雍错，从湖中蜿蜒而出几条河流，河边长着许多蘑菇。我被这幅画感动。阿里地区，不管是雪山还是环湖草原，很少生长蘑菇。近几年，有心人在温棚中，经过反复试验，才培育出青菜和蘑菇。

与几位年轻僧人和年老喇嘛并排坐在一起。他们每人面前一只盛菜的暗红色尼泊尔木碗、一个放青稞饼的搪瓷盘子、一只盛酥油茶的木杯、

一双竹筷子，菜是素炒青笋。他们身披袈裟，表情平和泰然。

普兰，以前有女儿国之称，走婚现象非常普遍，家中孩子由舅舅抚养。有的孩子不知道父亲是谁，与母亲和舅舅感情深厚。如今的普兰，自由恋爱、媒妁之言、走婚，几种婚姻形式并存，互不干涉，和谐相处。

有人对我说，普兰的男人非常不容易。年轻的时候，他们四处走婚，帮女人家干活，几十年都是未婚夫。等到人老体衰，则形单影只，享受不到家庭温暖，没有女人疼爱，没有儿女赡养，乞讨和流浪是晚年的生活状态。一个冬夜，一壶青稞酒，就可能变成村外的僵尸，成为野狼和秃鹫的腹中之物。

科迦村由于女人在家庭中享有较高的地位，男人地位低于女人，所以，也就有了一个特殊节日——男人节。

每年藏历 2 月 11 日至 15 日是科迦村的男人节。节前，由村中有威望的老人操办集资，规定好每家所要提供的米面、酥油、肉类和柴草数量。过节期间，村里从 18 岁至最年长的男人，都如皇帝般被侍候，至高无上。所有男人都会集中在科迦寺门前的广场，喝酒看戏，妇女和儿童只能站着围观。每家轮流派出女人为男人们斟酒上菜，直至过完节日。

45 岁的强巴丹增是科迦村医务室的主治医生，更是远近有名的国际赤脚医生。

2013 年 5 月，见到他的时候，他正在为一位老妇人输液。太阳已经升起，宽大的玻璃暖廊下有些暖意。

我在翻译与被翻译、转述与被转述中，对这里的人和事有了一些

了解。

老妇人坐在暖廊下的病床上，强巴丹增给她输液。她已经 71 岁了，患的是胆囊炎，1982 年与比她小 12 岁的本村男人自由恋爱组成家庭。刚输了一会儿，59 岁的丈夫背着一个小孩子进来。他告诉我，这孩子是他的孙子，幸福之情溢于言表。

游客和尼泊尔、印度香客会来这里看病。边境那边的尼泊尔农牧民患了重病，也会请强巴到家里治疗。出国很方便，过了孔雀河就到了。有时候上午出国，下午回国；有时候去一会儿，打完针就回来。如果用藏药，疗程会长一些，十天半个月或一两个月不等。无论是国内患者还是国外患者，都很信赖他、尊敬他。孔雀河两岸两个国家的多个村庄，没有不知道强巴丹增的。如果是重名重姓，只要说一声，门巴或者医生，所有人都笑逐颜开，连声赞叹。甚至，曾经请他看过病的尼泊尔、印度

患者，多年以后，还会找到他，送上礼物，表达谢意。

大伙还告诉我，村民有亲戚在那边。大家都说藏语，逢年过节互相走动，也有通婚的青年男女。

以前强巴外出看病，背着正方形药箱，骑上马，大半天只能去一户人家。现在配有摩托车和背囊式的药包药箱，还配有棉衣，出诊比原来方便多了。

强巴丹增出诊看病是公益性的。他介绍，患者的常见病主要有胃病、肠炎、感冒、腹泻、痛风、关节炎等。胆囊只要不结石，口服藏药，再用西药输液，一般能治好。骨折看不好，脱臼能看好。前提是得有县医院拍的片子，根据片子的具体情况，口服外用相结合就能治好。

小病不出村，大病知道往哪里送。治不了的病，会帮助患者联系到县医院或地区医院。

农村合作医疗推广以后，深受群众欢迎。老百姓拿上合作医疗本就能看病，不需要交现金。大病或费用超出一定数额的，患者才支付一部分费用。

强巴丹增的父亲是有名的藏医。他从小耳濡目染，18 岁开始与父亲一起行医看病。父亲去世后，他就独当一面，不但懂藏医，还会使用西药。慢性病用藏药，急难病症用西药疗效更快。同一个患者，藏药、西药可以同时使用。

强巴丹增说他家有 12 口人，我算来算去是 13 口。叔叔是一位喇嘛，偶尔回家。母亲、强巴本人、三个妹妹，大妹妹有三个孩子，二妹妹有两个孩子，三妹妹有三个孩子，组成了这个庞大的家庭。经济来源是一个小商店和一个小旅馆，加上强巴每月 900 元工资，三个妹夫有时候会接济一点。妹夫们白天在自己家，傍晚时分到他家，住一晚以后，次日清晨回自己家。农活忙的时候，也会在女方家待一段时间，直到把活干完。

强巴最小的妹妹在普兰县城工作，与丈夫和孩子一起生活，衣食无忧。前不久，这个妹夫调到外县工作了。

强巴比妻子大 4 岁。他们从小玩到大，算是青梅竹马。他每天晚上到妻子家住宿，第二天来医务室上班。10 年前政府要求夫妻必须领结婚证，他才和妻子领了结婚证。他们有两个孩子，女儿已经 20 岁了，在湖北一所职业学校读书。儿子 16 岁，在浙江一所内地西藏班读初中。

强巴说，他已经三年没有见到儿子了，不知道长高没有。

我问他为什么不跟自己的妻子住在一起，医务室、自己家、妻子家三个地方来回跑，多麻烦呀。

他说，不行呀，得养活妹妹们的孩子呢，我是舅舅嘛。

我说，让你妹妹带上孩子，跟自己的丈夫住，就不需要你养活啦。

他睁大眼睛，盯着我看了好一会儿，然后说，父亲在世的时候说不能分家，分家在这里是一件不光彩的事。

我说，夫妻孩子一家人住在一起，是天经地义的事呀。

他反问我一句，什么是天经地义？

待翻译和转述完毕，他惊奇地问我，你们那里不这样吗？

强巴为老妇人输完液以后，要去为一个不能来医务室看病的老人输液，我跟随强巴来到那户人家。一楼堆放着杂物，扶着木楼梯上到二楼，房间里有三位老妇人和一位 30 多岁的女人。生病的阿妈靠在枕头上，强巴将输液瓶挂到墙壁的钉子上，开始为老人输液。老人患的也是胆囊炎。

这家人的客厅与众多藏族人家相似，墙壁、房柱、房顶都有鲜艳的彩绘图案，藏式长桌、藏式卡垫、藏式柜子一应俱全。柜子边上从大到小依次摆放着铜罐、铜盆、铜壶和大大小小的铝盆铝壶。

女人的丈夫原来开皮卡车，现在开翻斗车，把孔雀河的沙子往县城

运。他掏出钱包，拿出几张钱币让我看，两张是票面 20 卢比的尼泊尔纸币，一张新版一张旧版，图案都有梅花鹿。一张是印度百元卢比，图案是圣雄甘地肖像。另一张是印有毛主席肖像的红色百元人民币。

他告诉我，一元人民币能兑换 12 尼泊尔卢比，换 5 印度卢比，三种货币在普兰同时流通，换算起来有点麻烦。

会说汉语的欧珠，是我在科迦村的临时翻译。

他上过五年小学，也走过婚，在村里算知识分子。

晚上我住在科迦村村委会，头顶吊着一只白色节能灯，却寻不见开关。顺着电线找去，发现一个铁制方盒，仔细观察，才找到开关。电灯亮的瞬间，忽然又熄灭。我打电话给欧珠，他给我买来两支尼泊尔白蜡烛，在另一间房子的煤气炉上点燃，并告诉我半夜如果起来，就到煤气炉上点蜡烛。我寻思了好一阵，才觉得这句话有问题，让他帮我找打火机。

待他笑呵呵地回来，拿着香皂盒大小的一个黄色纸盒，抽出一根火柴，划拉一下，火星四射。接过这个奇怪的东西看，才知道是印度火柴。

还没睡到半夜，就醒了，是被饿醒的。

摸黑穿好衣服，用印度火柴点燃尼泊尔蜡烛，寻找可以充饥的东西。床前有一张藏式条桌，两面交叉立着的小旗子，一面是国旗，一面是党旗。到了厨房，灶台上有一个西红柿，我抓起来就往嘴里塞，浓郁的霉味扑面而来，呸的一声吐了出去。什么东西绊了我一下，低头去看，一只饱满挺拔的麻袋挡在脚边，心中一阵惊喜，猜想大概是风干羊肉或牦牛肉，要么是土豆或萝卜，伸手就抓，抓起的竟是一把干牛粪。

欧珠的汉语具有极强的地域性，很多词语都不知道。他请我到他家吃饭，用高压锅做了尼泊尔大米饭。他穿一件绿色旧军装，辫子盘在头顶，辫梢的红色丝穗非常鲜艳，把圆形木砧板放在二楼的楼梯口，腿盘坐在地上，用菜刀跨哧跨哧地剁，每剁一下，丝穗就抖擞一会儿。

这天，恰逢每个月不能吃荤的日子，他就用鸡蛋炒了一盘小青菜。青菜是自家温棚里种的，鸡蛋是从尼泊尔那边运来的，菜里只放了菜油和食盐。

我问他们是不是不吃调料。

他很认真地反问，什么是调料。

我说，就是葱、蒜苗一类的东西。

他抬起头，停止了吃饭，像遇到了极大的挑战，高声问我，什么是蒜苗？

本来想再问，他们吃米饭的时候，为什么都用勺子，不用筷子，还是没问。

后来我反复纠结此事，某一日恍然大悟，他们平时不吃蔬菜，用筷子夹什么呢?

他说自己有四个儿子、一个女儿。大儿子在拉萨上高中，老二、老三在普兰县城上初中，小儿子在科迦村上小学，女儿才 4 岁，跟着阿妈下地去了。

欧珠与妻子的婚姻，属于典型的走婚。他家离科迦村十多里地，通过亲戚介绍，认识了现在的妻子。每天傍晚，他从家里赶到科迦村，与未婚妻住一宿，次日天亮，回到自己家中。农忙的时候，在女方家多住些日子，帮忙干活。直到妻子生了三个儿子以后，未婚妻的母亲，也就是现在的丈母娘，请了媒人去欧珠家，带上礼品向欧珠的父母提亲，欧珠才被迎进科迦村，成为正式丈夫。

欧珠家，丈母娘具有最高权威，藏袍的腰带上，拴着家里所有钥匙，无论大事小事，老人说了算。一次我和欧珠到他家，大门紧锁，我们在门外等了好长时间，丈母娘和妻子才回家开门。

二、藏家生活

2010 年 9 月初，我从堆龙德庆县城出发，沿雅鲁藏布江逆行 100 多公里，到了素有西藏作坊之称的尼木县。这里是藏文字发明者吞米·桑布扎的故乡，至今保留的工艺有雪拉手工藏纸、吞巴藏香、普松经版雕刻，被人称为“尼木三绝”。

从一个村庄到另一个村庄，要走很远的路，途中流水潺潺，水车翻卷，野狗出没，藏柳沧桑。

探访中，了解到藏纸的原材料是狼毒草的根。眼见着人们把狼毒草根部去皮去芯、捣碎、浸泡、过纱网、晾干，制作成纸张。细心的女主人，摘下红色的绣球花瓣，采来野草茎，夹放在两张未干的纸张中间，晾干

以后，纸上便显出造型各异的花朵和草茎模样。用这样的纸制作出灯笼、窗花，漂亮而古旧。由于用狼毒草做原料，所以纸张防虫、防蛀、质地坚韧、不易撕破，西藏的许多典籍经书，就是用这种纸抄写和印制的。

藏香制作工艺，古老得不可思议。利用河水冲力，水车把浸泡好的柏树木研磨成木泥，把木泥做成木砖，晒干。再加进沉香、檀香、丁香、木香、当归、肉桂、甘香、菖蒲、藏红花等，20 多种乃至 100 多

种天然香料及药材，有的甚至加进麝香。按照一定比例，搅拌成泥状，从打过孔的牦牛犄角挤出圆条状，一条一条挤放在纱布框上，阴干后就成了藏香。

雪域大地上，无论是寺庙、佛塔、山口、河岸，还是平常百姓家，袅袅香烟，从未间断。只要点上这种香，西藏的味道就出来了。

在吞巴村，还看见人们把草茎剪成小节，一头缠裹上棉花，就变成了灯芯，寺庙、佛龛、百姓家中的酥油灯，用的就是这样的灯芯。

而要把小若蚊蝇的藏文，雕刻在经版上，是一件非常严谨而细致的工作。一个匠人，三天能雕刻一面经版，六天雕刻正反两面。经版的原材料是核桃木或青冈木。雕刻前，需要在羊八井的温泉里浸泡，也有在牛羊粪中沤软的说法。

尼木的藏纸、藏香、经版雕刻工艺，已经有一千多年的历史了。如今，这些技艺被列为非物质文化遗产，但依然无法改变手艺人越来越少的现实。

在吞巴村的青稞地和古老的柳树之间走了很久，才见到一条野狗、一头绵羊。还发现，村里村外的小树干上，包裹了人的衣服和裤子，目的是给树保暖。然后，见到了一位小学老师。他的汉语比较流利。我请他领我去吞巴河边，探询水车怎样把粗壮的柏木研磨成木泥浆的过程。他是一位面庞火红、体型高大的中年男人。一路上，他帮我撵狗，拨开路上的野草，陡峭的地方还会伸手拉我一把。

自然，我问起了他家的情况。哥哥在家放羊、种青稞，他在学校当教师。每月五六千元的工资，交给妻子统一管理。家里有两个孩子，大的是个男孩，20岁左右，准备到日喀则学木工。他说孩子称呼哥哥为爸爸，叫他叔叔。

交流的时候，他称自己的妻子为老婆。他说，我老婆非常能干，做饭、挤奶，还养花。

他给我指看他家窗台上红色的绣球花、粉色的格桑花。

我请他领我去他家看看。他迟疑了一会儿，告诉我说，你不能去，你算年轻漂亮的女人，我老婆看见我跟你在一起，会不高兴的。

走访的一户藏纸制作人家，家里有一个蔬菜温棚，妻子正怀孕，我随妻子到她家的温棚，见到了新鲜的黄瓜和青椒。

经版雕刻人家，兄弟三人，最小的弟弟到寺庙做木工活去了，在家的两个兄弟，因为长期雕刻经版，其中一位眼睛红肿，有些眨巴眼。兄弟两人和他们50多岁的父亲一起，在地上铺了几块卡垫，坐在没有棚顶的废弃羊圈里精心雕刻。司机兼翻译拽着我的手，才使我得以翻过羊圈围墙，走近他们身旁。

我问一句，翻译说一句，父亲回答一句，兄弟两人表情平静地忙着手中的活计。

父亲说，之所以在围墙里面干活，是因为这里采光好、避风，可以防止牛羊野狗干扰。只要不下雨下雪，太阳升起来的时候，父子三人就到这里雕刻经版，中午回家吃饭，午饭后继续工作，太阳没有热劲的时候，就收工。脚边放着暖水瓶，装的是酥油茶。一上午，三个人能喝三暖瓶酥油茶，下午喝一壶自家酿制的青稞酒。他们的经版不愁销路，隔一段时间，拉萨就会有专人来收购。年收入三四万元，刚够一家人生活。

在我的请求下，他们的父亲领我到家里参观。他们住的是两层小楼，院子里拴着几头牛，跑着几只羊。或许是因为牛羊粪中沤着等待雕刻的经版，地上到处都是牛羊粪，黄色的液体从门槛下面流到外面，几乎找不到下脚的地方。

好不容易踏着木头梯子上到二楼，三兄弟年轻的妻子正和小姑子晾晒羊毛被。阳台上有一架织氆氇的机子，长条羊毛氆氇还挂在上面。漂亮的妻子，辫子长至腰际，一脸单纯，身穿棕色锦缎藏袍，腰围绿色横格邦典。她的肚子鼓鼓的，询问才知道已经怀孕七个月了。经过允许，随她到卧室参观，卧室地上放着大袋小袋的青稞和干爽的羊皮。床是一米多宽的钢丝床，铺着羊毛褥子。

另一个房间，供奉着佛像。佛像前的藏桌上摆放着切玛，点着藏香。案板上，铺展着青稞酒糟，地上的白色塑料桶里，装着酿好的青稞酒。怀孕的妻子为我们倒上酥油茶，正要伸手端杯子，滴答一声，一滴黄色液体从屋顶落到杯中，溅起一朵酥油花。我缩了手，端坐在卡垫上，仰头去看。

他们的父亲说，昨天下雨，屋顶有些漏雨。

这是我了解到的普通藏家生活。